マドンナメイト文庫

女体開発 闇のセックス体験講座

上田ながの

目次
contents

女体開発　闇のセックス体験講座

第一章　初体験と同棲生活

1

「あのさ……その、俺とつき合ってほしい」

宮園鈴菜《みやぞのすずな》が志嶋来栖《しじまくるす》に告白されたのは、大学一年の夏のことだった。

夜、二人で出かけた海浜公園でのことである。夜景がとても美しかった。

宝石のように煌《きら》びやかな照明と、波の音に包まれながら——本当にロマンチックなシチュエーションである。

少女漫画や少女小説、恋愛映画ばかり観《み》てきた鈴菜が、幼い頃からずっと夢見てきたような告白だ。あまりに理想的で、心臓が止まってしまうのではないかと思ってしまったレベルである。

「あの……えっと、その……」

来栖と出会ったのは春のことだ。大学の新入生歓迎会で声をかけられた。そのときから、何度かこうしてデートもしている。来栖はとても紳士的でやさしかった。常に自分のことを考えてくれているということがわかるような行動をしてくれる。

引っこみ思案で、来栖に出会うまでほとんど男性と接点なんかなかった。だからこそ、来栖の行動は鈴菜にとって本当に新鮮なものであり、好きになるまでに時間なんてほとんどかからなかった。

けれど、いつまでも告白がない。何度も二人で出かけているのだから、きっと来栖だって自分のことを想ってくれているはず——とは考えるものの、もしかしたら勘違いかもと思考してしまう。男性とつき合ったことがないからこそ、自信を持つことができなかった。

しかし今、こうして来栖は告白してくれた。

心臓が、今にも破裂しそうなほどに高鳴る。少し息苦しささえも感じてしまうほどだ。はっきり言ってうれしい。好きな相手に告白されて喜ばない人などいないだろう。

けれど、告白に対して即答することができなかった。まさかこんなロマンチックな場面で気持ちを告げられるなんて、妄想したことはあっても想像はしていなかったからだ。

「俺じゃダメ？」

だが、そのせいで来栖は少し不安そうな表情を浮かべる。

「やっぱり、その……俺がずっと告白を先延ばしにしてきたからかな？」

「――え？」

「いや、その……わかってたんだよ。鈴菜が俺からの告白をきっと待ってくれてるんだろうなってこと……でもさ、その……勇気が出なかったんだよ。もしかして、振られちゃったらって考えるとさ」

言葉の意味がよくわからない。

来栖ははっきりイケメンといえる男性だ。二重の目に、高い鼻、まるでハーフみたいに彫りが深い整った顔だちをしている。街を歩いているだけで、女性たちの視線がすぐに集まるほどだ。当然、大学の女性たちからの注目度も高い。

それに対し自分は、肩より少し長い程度の黒髪ストレート、目はまるみを帯びていて、頬は少しふっくらしている。胸は、ないわけではないけれど、大きいわけでもない普通サイズのCカップ。服装は基本的にTシャツにロングスカートかパンツ――ブスではないし、顔だちだってどちらかというと整っているほうだという自覚はあるけれど、正直地味だ。いつもみんなに注目されているイケメン男子の来栖と並ぶと、見劣りすると思っている。上下で言えば、来栖のほうが上なのだ。

そんな来栖が自分に振られることを考えていたなんて、想像できるわけがない。だから正直、驚いてしまった。

「その顔……俺の考えが信じられないって顔だな。でも、マジなんだよ。っていうか、怖くないわけがない。本当に俺、鈴菜のことが好きだからさ……だからその、これまで告白を延ばしてきちゃったことは謝るから……俺とつき合ってほしい」

まっすぐ、自分を見つめている。視線はとても真剣だ。来栖の、心からの想いが伝わってくる。

「その……えっと、本当に……わ、私でいいの？」

それでも、問い返してしまう。まだ自信が持てない自分が少し情けない。

そんな鈴菜に対して、来栖は口もとをゆるめて笑った。鈴菜が好きな笑顔を浮かべてみせてくれる。

「当たり前だろ。鈴菜しか考えられない。俺には鈴菜だけだ」

真剣な想いを重ねる。

本気の目、本気の言葉だ。もう疑う必要なんかない。

「うれしい……来栖君……私、すごくうれしい」

胸がつまる。なんだか全身が熱くなる。感情がふくれあがって、自然と眦《まなじり》からはポロポロと涙がこぼれた。

「それじゃあ……つき合ってくれる？」

来栖もうれしそうな表情を浮かべる。

「うん……うん。断るわけない。私も……私も好き。出会ったときから、来栖君のことが好き……だから、その……か、彼女……恋人として、これからも……よろしくお願いします」

想いを言葉に代えて搾り出す。

「ああ、もちろんだ」

そんな鈴菜を、来栖はギュッと強く抱きしめてくれた。細いけれど、しなやかに筋肉のついた逞《たくま》しい身体に包みこまれる。来栖の温かな体温が伝わってくる。それがなんだかとても心地よい。

「鈴菜……」

こちらを抱いたまま、来栖が改めて見つめた。

彼はこちらを見て、名前を口にしただけである。けれど、彼がなにを求めているのかを、すぐに理解することができた。それは鈴菜自身も求めたことだからだ。だから顔を上げ、来栖を見つめ返すと瞳を閉じて、少しだけ唇を突き出すような仕草をした。

「好きだよ」

重ねて、想いが向けられる。

「私も……好き」

気持ちを返す。

すると、それに応えるように「んっ」と、唇に唇が重ねられた。

美しい夜景の公園で抱き合いながら、初めてのキス――本当にずっとずっと夢見てきたような光景。自分が少女漫画の主人公になったかのような、そんな喜びがふくれあがってくるような、初めてのキスだった。


――それから一カ月後、鈴菜は来栖が一人暮らししているマンションの部屋にいた。

二人でベッドに並んで座る。その状態で、最初は特に内容があるわけでもないどうでもいい会話を交わした。

けれど、やがてそんな会話は途切れ、来栖がキスをしてきた。

ベッドの上で唇と唇を重ね合わせる。しかも、それはただ口唇を触れ合わせるだけのキスでは終わらなかった。

「んっちゅ……はちゅっ……んっちゅる……むちゅるぅ……」

口内に舌が挿しこまれる。

(エッチなキス……)

つき合いはじめてから、何度もキスをしてきた。こうやって舌を挿しこまれる口づけも初めてではない。しかし、何度しても慣れない。何度しても、なんだかとてもドキドキしてしまう。身体中が熱くなってしまう。

(気持ちいい)

ふくれあがってくるのは快感だ。

それを訴えるように、挿しこまれた舌に自分からも舌をからめていく。繋《つな》がり合った唇と唇の間から、グチュグチュという卑猥《ひわい》な音色が響いてしまうことも厭《いと》わない。快感に流されるように、行為を止めるどころか、より積極的に舌を蠢《うごめ》かせる。唾液と唾液を交換するような、濃厚な口づけだった。

それだけ濃密なキスに、あと押しされるように、身体の火照りが大きくなる。特に股間部がジンジンと疼《うず》きはじめた。もっと感じたい。もっと来栖を——そんな想いがどうしようもないほどにふくれあがる。

するとこちらの想いに気づいたかのように、来栖が鈴菜の身体をベッドに押し倒した。ギシリッと軋《きし》んだ音色が、室内に響きわたる。

「ねぇ……いい？」

いったん、唇が離された。

口唇と口唇の間に、唾液の糸がツプッと伸びる。

イヤらしい光景だ。だが、それを気にする余裕なんかない。

来栖の問いかけ——はっきりなにが「いい」のかは尋ねてこない。それでも、彼が言いたいことはすぐにわかった。つき合いはじめてから、鈴菜自身もずっと考えていたことだからだ。

怖さはある。

しかし、彼の家、彼の部屋で二人きりで初めてを迎えるというのも、昔から想像してきたことのひとつだ。来栖は本当に自分の夢をすべて叶《かな》えてくれる。

「う、うん……」

緊張しつつも、流れるように頷《うなず》いた。

「……鈴菜っ」

答えに歓喜したように、改めて来栖が唇を重ねてくる。再び舌と舌をからみつかせた。もう一度、キスの音を室内に奏でる。

そうしたキスを続けつつ、来栖は手を伸ばしてきたかと思うと、鈴菜のスカートを捲《まく》ってきた。太股《ふともも》が、ショーツが露《あらわ》になる。すぐさま来栖は、剝《む》き出しになった下着にも手をかけてきたかと思うと、それを容赦なく横にずらした。そのうえで自身のズボンにも手をかけると、当然のように脱ぎ捨てた。

来栖のペニスが跳ねあがるように、剝き出しになる。けれど、キスを続けているせいで、それがどんなものか、どれくらいの大きさなのかを見ることができない。

（キスが終われば……）

怖さもあるけれど、興味ぶかさもあった。

来栖の大切なモノがどんな形をしているのか。どんなモノが自分の初めてを奪うのかが気になってしまう。

（えっと……やさしく……擦《こす》ってあげたりすればいいんだっけ？）

つき合いはじめてから、スマートフォンで調べたりしてきた知識を思い出す。どうすれば、来栖は喜んでくれるのか——そればかりを考える。

「んっ!?」

グチュッと、熱いものが自分の秘部に押しつけられたのは、そんなときのことだった。熱が股間に伝わってくる。

(え……これ、まさか……おち×ちん?)

すぐに、それがペニスだと理解できた。

(なんで……これ……まさか……すぐ?)

いかにして秘部に亀頭を押しつけるのか──などということは、さすがの鈴菜でもすぐに理解することができた。しかし、簡単に受け入れることはできない。こっちは初めてなのだ。初めてのとき──というよりも、セックスのときはもっと入念に愛撫などをして準備をするべきではないのだろうか。実際、確かに興奮して、少し濡れてはいるけれど、まだ鈴菜のあそこはピッチリと閉じている。この状況で入れられるのは、少し怖い。それにゴムだってしてないのだ。

「ま……んんっ、待って!」

キスをしつつ、慌てて来栖を止めようとする。

「鈴菜……行くよ」

しかし、熱に浮かされたような表情を浮かべている来栖に、言葉は届かなかった。鼻息を荒くしつつ、彼はもう一度キスをすると同時に、腰を突き出してきた。

「んっぐ……ふぐっ、あっあっ……あぐぅううっ」

無理やり秘部が拡張される。身体に異物が侵入してきた。胎内でなにかが切れるような音色が聞こえたような気がする。それと同時に、結合部を中心に身体がふたつに引き裂かれるような痛みが走った。

「い、いたっ……痛いっ」

破瓜《はか》の血が溢《あふ》れ、流れ落ちていく。ひとつになれた喜びではなく、痛みで涙がこぼれ落ちた。

「痛い……ごめんな。でも、初めてってそういうものなんだろ。だから、大丈夫。俺はその……すっごい気持ちいいよ」

そんな鈴菜の頭をやさしく撫でながら、来栖は快感を訴えてきた。言葉だけではなく、表情も愉悦にゆるんでいる。本気で自分の身体で感じてくれていることがわかる表情だった。

自分と繋がり合ったことを、来栖が素直に喜んでくれていることはうれしい。けれど、それ以上に痛みが大きくて、余裕がない。

「好き……好きだよ、鈴菜」

だが、熱に浮かされたような来栖には、こちらの苦しみを想像することなどできないようだ。

すぐさま、入れるだけでは満足できないというように、彼は腰を振りはじめる。

「はっぐ……んぐうう！　あっあっ……ふぐううっ」

己の欲望のままにというような動きで、破瓜したばかりの鈴菜の膣内をかき混ぜはじめた。

「ちょっ、ま、待って！　痛い……痛いから、ちょっと待って！」

グラインドに合わせて痛みが大きくなる。反射的に制止の言葉をあげた。

「大丈夫……痛いのは最初だけだから。それに……ごめん……鈴菜の中が気持ちよすぎて、止まれない」

しかし、来栖はこちらの言葉など聞いてはくれない。当然止まってくれなどしなかった。それどころか、腰の動きをより大きなものに変え、ピストンを激しいものにする。ギッシギッシと、ベッドが壊れてしまうのではないかと思うほどに軋むほどの抽挿だった。

「うぐうう！　ダッメ……これ、ダメ！」

ただひたすら痛い。必死につらいことを訴える。

「ああ、いい。最高だよ、鈴菜。これ、すぐに……俺、すぐに出ちゃうよ」

ただ、なにを口にしたところで、快感の虜《とりこ》になっている来栖に届くことはなかった。それどころか、どんどん腰の動きは大きくなる。

「これ、お……大きく……熱くなってる……まさか、これ……」

膣壁越しに肉棒が肥大化し、伝わってくる圧迫感が大きくなってくるのを感じた。膣中でヒクヒクとペニスが震えているのもわかる。それがなにを意味するのかは、初めてであってもすぐに理解することができた。

「だ、ダメ……来栖君……ダメだよ!」

ただ痛いだけではない。ゴムだってしてないのだ。このまま出すのは、さすがにまずい。

「ぬ、抜いて……止まって……」

突きこみに合わせて身体を揺さぶられながら、必死に来栖を止める。

「出る……くうう! 出るよ……鈴菜っ」

しかし、なにを訴えたところで来栖は止まってくれることなどなく、そうすることが当然だとでも言うように、膣内の肉棒を震わせてドクドクと精液を流しこんできた。

「あ……んんん! 熱いっ」

下腹に熱がひろがる。

「はっく……んっんっ……くふんんんっ」

肉棒の震えとシンクロするように、鈴菜も身体を打ち震わせた。

「はぁ……気持ちよかった。最高だったよ……鈴菜」

本当に心地よさそうに、来栖は息を吐く。

「鈴菜……好きだよ」

そのうえで、改めてキスをしてきた。

「んっ……ふんんっ」

繋がり合ったまま、改めて唇が重なる。身体と身体が強く密着する。来栖の体重が伝わってきた。キスと身体の感触——それはやはり心地よい。だが、その心地よさに溺れるような気持ちにはなれなかった。

(中に出されちゃった……どうしよう。こういう場合って、えっと……えっと……あ、アフターピル?)

そんなことばかり考えてしまう。

「ん……どうかした?」

すると、心ここにあらずだったことに気づいたのか、唇を離した来栖が、首を傾《かし》げて尋ねてきた。

「あ……えっと……その……」

膣内射精について、なにか言うべきかもしれない。

「やっぱり、痛かった？　その、ごめんな。俺もさ……その、初めてだったから余裕なくて……ホント、ごめん。でも、うれしかった。俺、鈴菜と初めてができて、本当にうれしかったよ。鈴菜……愛してる」

謝罪と想いを伝えてくる。

「え……あ……えっと……」

こんな姿を見せられてしまったら、それに、来栖も初めてだったのなら――。

「私も、その……来栖君に初めて、あげられて……すごく……うれしいよ」

うまくいかなかったのも、仕方がないことなのかもしれない。

(これから二人でうまくなっていけばいいんだ。だから……その、今は……)

変なことを言う必要なんかない。

「私も愛してる」

いまだ痛みを感じつつも、ギュッと来栖を抱きしめる。

「鈴菜……好きだ……」

そのまま二人で、改めて唇を重ね合わせるのだった。

2

「今日からここが俺たちの家だ」

出会ってから一年――二人はついにひとつの家で暮らすことになった。来栖から、いつもいっしょにいたいと誘われたからだ。つき合いはじめてから半年以上、鈴菜の来栖に対する想いは色あせることなく続いており、断るなどという選択肢は存在してはいなかった。

（ここで来栖君といっしょに暮らす。たぶん、これからずっと……）

死ぬまでいっしょだ。

まだ学生同士だから同棲《どうせい》というかたちだけれど、卒業すればいずれ結婚なんてことだってあるだろう。もう、来栖は家族と変わらない。

鈴菜にとって家族とは、本当に特別な存在だ。

幼い頃、鈴菜の両親は離婚している。理由は父の浮気によるものだった。父には母以外に別の女がいて、それを知った母が、父を強く責めたてた。その結果、父は家を出ていってしまったのだ。以来、母はひどく後悔をし、ことあるごとに、

「自分がつらいと思うことがあっても、そのあとのことを考えて行動しなさい。我慢できるのなら、我慢しなさい。我慢しないと、大切なものを失うことになるわよ」

と、鈴菜に伝えるようになった。我慢さえしていれば、家族みんなでずっと暮らせていたのだと、母はずっと考えているようだった。

そのせいか、鈴菜も気がつけば、ずっといっしょに、幸せに暮らしていける家族が欲しい——そう思うようになっていた。

ついに、そんな自分に家族ができる。

そう考えると、それだけでなんだか胸が温かくなるような気がした。

引っ越しを終え、ある程度部屋が片づいたところで、来栖が誘ってきた。

「なぁ……鈴菜」

正直なことを言うと、鈴菜はセックスがあまり好きではない。初めての日から、数えきれないほど来栖と身体を重ねてきたけれど、気持ちいいと思ったことは、これまで一度もないからだ。

とはいえ、断るなどという選択肢はない。

「うん……いいよ」

確かに、セックスは気持ちよくない。むしろ、ちょっと痛いくらいだ。それでも、自分の身体で喜んでくれている来栖を見るのは好きだ。自分で感じてくれていることに喜びだって覚える。

だから、今日も――。

「んじゃ、入れるぞ」

「あっ、んっく……ふっく……んっんっ……んふうう」

求められるがままに、来栖を受け入れた。

ズブズブと、肉棒が蜜壷に沈みこんでくる。あまり濡れていないので、やはり少し痛い。自然と眉間に皺《しわ》が寄ってしまった。

「ああ、最高」

ただ、そんな自分とは違い、来栖は心地よさそうだ。最高という言葉を証明するように、膣内の肉棒もビクッビクッと蠢いている。

「おち×ちんが私の中で動いてる……気持ちいい？」

「めちゃくちゃ気持ちいいよ。鈴菜も……いいだろ？」

「あ……う、うん……」

気持ちよさはない。それでも頷くしかない。

「それじゃあ、行くぞ」

こちらの嘘《うそ》に、来栖は気づかなかった。

気持ちよさそうな快感に蕩《とろ》けた表情を浮かべつつ、すぐさま腰を振りはじめる。初めてしたときのように、ギッシギッシと激しくベッドが軋むほどの勢いで、繰り返し腰を打ちつけてきた。

「んっは……はっふ……んっんっ、あっは……んふううう」

ふくれあがった亀頭で、膣奥がたたかれる。そのたびに、ビリッビリッと痺《しび》れるような痛みが走った。ともすれば、苦痛の声が漏れそうになってしまう。そんな声を来栖には聞かせたくないので、必死に我慢した。

断続的に荒い吐息を漏らすようなかたちになる。

「気持ちよさそうだな、鈴菜」

「うん……いい……いいよ」

本当のことは隠し、感じていると訴える。

「ああ、鈴菜、鈴菜っ」

そのおかげか、来栖はより興奮を高めた様子で、腰の動きをより大きなものに変えてきた。ひと突きごとに、亀頭をよりふくれあがらせる。

「出る！　鈴菜……出るよ」

「うん……来て……来栖君……私の中に……出してっ」

ゴムはやはり着けていない。前に一度着けてほしいと頼んだけれど、着けずに鈴菜を感じたいからと断られてしまった。だから今、鈴菜はいつもピルを呑《の》んでいる。これもすべて、大好きな来栖に喜んでもらうためだ。

「おっおっ、おおおおっ」

獣のように吠《ほ》えると同時に、来栖は射精を始める。膣内の肉棒を脈動させ、まるでポンプのように熱汁を流しこんできた。子宮内に、精液がひろがっていくのがわかる。

「あっあっ……熱い……はぁあああ……」

伝わってくる熱に、流されるように熱い吐息を響かせた。

「はふぅう……今日も最高だった。鈴菜も気持ちよかっただろ？」

ペニスを引き抜き、ティッシュで拭きながら、こちらを見ることなく尋ねてくる。

「うん、すごく……よかったよ」

別に気持ちよさは感じてない。それでも、来栖に喜んでもらうために、そう答えた。といった感じで、性生活に関しては正直、鈴菜は満足したことがなかった。ただ、それでも来栖のことは愛している。セックスなどなくても、来栖といっしょにいられればそれだけで十分満足だった。

だが、同棲を始めてともに過ごす時間が長くなったためか、来栖のこれまでは気にならなかった点が、妙に気になるようになってしまった。

まず、来栖は家事というものを、いっさいしてはくれなかった。

「腹減った……飯まだ？」

夕飯時の口癖である。

それは、鈴菜がバイトで、帰りが遅くなった日でも変わりはしなかった。

「早く作ってよ。俺、腹ぺこなんだけど」

「あ、うん……わかってる。すぐ作るから」

疲れていて休みたい。それでも来栖のために、がんばって夕飯を用意した。

それを食べたあとの反応が——。

「まあまあかな……」

これである。

ちなみに、片づけもしてはくれない。

そうした食事以外の、洗濯や部屋の掃除などもすべて鈴菜の仕事になっていた。いっしょに暮らしはじめた当初は、分担でやろうねと話をしていたのだが……。

一度、そのことを話したとき、返ってきたのが——。

「悪い。俺、試験勉強とか忙しくてさ」

というものだった。

確かに来栖はかなり勉強が大変そうだ。来栖の学科は鈴菜の学科より偏差値が高い。勉強内容も高度だ。だから、忙しいのはそのとおりなのだろう。しかし、鈴菜だって勉強していることに変わりはない。家事の分担くらいはしてほしいという想いはある。

(でも、それを言うと不機嫌になるし……それに……)

「好きだぞ、鈴菜」

来栖に抱きしめられながら、好きだと言われる時間は本当に幸せだ。こんな時間があるのならば、家事くらいは我慢してもいいのかもしれない。すべては大好きな来栖のためなのだから……。

そう自分に言い聞かせた。

多少の不満くらい、好き合ってさえいればなんの問題もないのだ。

と思っていたある日――。

「あ……来栖君」

休日、バイト帰りに街を歩いているとき、鈴菜は来栖を見かけた。今日は特になんの用事もなかったはずだ。家にいると思っていたのだけれど……。

そんなことを考えながら、来栖に声をかけようとした。

しかし、そこで鈴菜は立ちつくすこととなった。

来栖の隣に、見覚えのない女性がいたからだ。二人はニコニコ笑いながら、楽しそうに会話をしている。あんな友人は大学にもいないはずだが……。

呆然《ぼうぜん》としてしまう。

そんな鈴菜の前から、来栖と女性は繁華街へと消えていった。

「あのさ……ちょっといい？」

夜、少しほろ酔い加減で帰ってきた来栖に「昼間、なにしてたの」と尋ねた。

「実はさ、今日、思ったよりバイトが早く終わったんだけど……そこでその、来栖君が街を歩いてるのを見て……で、その……女の人といっしょだったから」

どう尋ねるべきか迷いながら言葉を紡ぐ。

「ん……あ……ああ、それはその、今日さ、サークルの集まりがあったんだよ。鈴菜が見たのはたぶん、その仲間」

「……そうなんだ」

「ん……もしかして、変な勘違いでもしたか？」

「え……あ、別にそんなことは……」

来栖と出会ったのはサークルの新歓でのことだ。けれど、結局鈴菜はあのサークルには入らなかった。なんだか少し軽薄そうな感じがしたからだ。だから、サークルの交友関係はあまり知らないが、ああいう女性がいてもおかしくはないだろう。

「ヤキモチでも焼いたのか。かわいいな、鈴菜は」

笑いながら抱きしめてくる。

そのままキスをされるともう、昼間見たことなんか正直どうでもよくなった。

(来栖君が言うとおり、ただのサークル仲間ってだけ……別に気にする必要なんかないんだ……)

来栖が好きなのは自分だけ。自分が来栖の恋人。だから、変なことを考える必要なんかない——心からそう思った。

けれど——。

「ねぇ、来栖君との仲、大丈夫?」

キャンパスにて、大学の友人にそんなことを尋ねられた。

「どういうこと?」

「なんか最近、来栖君、いろんな女の子といっしょにいるところ見るんだよね。あれってさ、浮気……とかじゃないよね?」

「え……違う。違うよ。その……ただのサークルのつき合いとかでしょ。変なことなんかじゃないから」

「まぁ……鈴菜がそう言うならいいけどさ」

「うん……大丈夫だよ」

そう、大丈夫。来栖が浮気なんかするはずがない――友人だけではなく、自分自身にも言い聞かせる。

しかし、それから数日後、見てしまった。来栖が街中を女性と腕を組んで歩いている姿を……友人関係と言うにはあまりに距離感が近すぎる姿だった。

ただ、それを尋ねてみても――。

「だからホントただの友達なんだって。ちょっと距離感が近いのはそのとおりなんだけどさ、あんまりそういうことに頓着しない子なんだよ。まぁ、誤解させちゃったのはごめん」

受け流されてしまう。

ただの友達――来栖が教えてくれるのはそれだけだった。

(でも、あれが本当にただの友達？)

さすがに今度は、素直に受け入れることはできなかった。

とはいえ、受け入れられなかったところで、調べる術《すべ》はない。いや、調べようと思えば調べられたのだろう。しかし、なんだか怖くてそれができなかった。

そんなある日のことである。

「……なんか、変な臭《にお》いがしない？」

バイトを終えて家に帰ると、室内に嗅いだことのないような臭いが充満していた。

なんだか少し酸っぱさを感じさせる臭いである。

（なんかに似てる……臭いだけど……）

スンスンと鼻を動かしながら考える。

すると――。

「えっ……あ、だったらすぐ換気、換気！」

慌てた様子で、来栖が窓を開けた。今は夏だ。部屋には冷房が効いている。窓を開ければ、むしろ暑くなるのにだ。その様子がなんだか怪しかった。

（そういえば、この臭い……）

そこで気づく。

（エッチのあとの臭いに……少し似てるかも……）

しかし、この部屋で前にしたのは三日も前のことだ。ここ二日は生理もあったのでしていない。なのにこの臭い……。

思わず、来栖をマジマジと見てしまう。

「ん……どうかしたか？」

けれど、彼が焦っていたのは窓を開けたときだけだ。今は涼しい顔をしている。表情を見るだけでは、彼がなにを考えているのかを読むことはできなかった。


「あんまり言いたくはないけど、その話を聞いた限りだと来栖君……やっぱり浮気してるんじゃない」

友人に相談すると、そんなストレートな答えが返ってきた。

「浮気って……でも、来栖君に限ってそんな」

可能性を疑っている気持ちは鈴菜にもあるけれど、簡単には受け入れられない。

「気持ちはわかるけど、来栖君ってあの顔でしょ。けっこう狙ってる女子も多いし、誘われてそのままってことも十分考えられるよ」

「……でも」

「まぁ、あんたが信じたくない気持ちもわかるよ。あんたって本当に来栖君のことが好きだもんね。だから……そうだなぁ……そうだ、カメラとか使ってみれば？」

「カメラ？」

「家の中に監視カメラを置いてみるの。それで来栖君の行動を撮る。どうかな？」

「でも、そんなこと……」

隠し撮りなんて、イケないことのような気がする。

「ためらう気持ちもわかるけど、今のままだと来栖君を疑っちゃうんでしょ。だったらさ……疑いつづけるよりはいいんじゃない？」

「それは……」

恋人を常に疑う――それはつらい。だったら友人が言うとおり、一度スッキリさせたほうがいいのかもしれない。

「……わかった。やってみる」

大丈夫。来栖君が浮気なんてありえない。だから、大丈夫――そう自分に言い聞かせながら、友人の提案に頷いた。

3

カメラを設置してから、一カ月が過ぎた。

毎日その日なにが撮れているのかを確認してきたが、特に不審な映像が撮られていることはなかった。来栖が浮気しているなんてやはり考えすぎだったのかもしれない。

（もう、今日で終わりでもいいかも……）

恋人を監視するという行為には、やはり罪悪感がある。一カ月つづけて特に問題はなかったのだ。今回が最後でいいだろう。

そんなことを考えながら、撮影した映像を確認し、鈴菜はモニター前で凍りつくこととなった。

映し出されているのは家のリビングだ。

そこに来栖が帰ってくる。しかも、一人ではない。女性も一人家の中に入ってきた。見覚えのない女性だ。金色に染めた髪に、日焼けで黒くなった肌――まさにギャルといった見た目の女性である。

――へぇ、きれいにしてるじゃん。

リビングを見まわして、女性は笑みを浮かべる。

――まぁ、毎日しっかり掃除してるからね。

――とか言うけど、同棲してる彼女にしてもらってるんでしょ？

――そんなことないって。家事は俺の担当。

女性に対し、来栖は平気で嘘をつく。

——ふうん……てか、彼女といっしょに暮らしてるところに連れこむとか、来栖君、けっこういい度胸してるよね。

——でも、家だと金かかんないだろ。

そう言うとともに、来栖はニヤニヤ笑う女性の身体を抱きしめた。そのまま、そうすることが当然だとでも言うように、女性の唇に自身の唇を重ねる。

——んんっ。

いきなりのことに、女性は一瞬驚いた様子で身体を硬くした。だが、それは本当に一瞬のことでしかない。すぐに女性が身体から力を抜いたかと思うと、来栖に自身の身を預け、自分から積極的に口を開いた。そのまま二人で舌をからめはじめる。映像越しでもはっきりと、グチュグチュという音色が聞こえるほどに濃厚な口づけだった。

——んっふ……はふぅう……はっちゅ……ふちゅうう……はぁああ……情熱なキスじゃん。そんなにあたしとしたいんだ。

唇同士が離れる。女性はわずかに頬を赤らめ、瞳を潤ませながら、囁《ささ》くように来栖に尋ねた。

——ああ、もちろん。

――でも、いいの。彼女いるんでしょ？

――それはそうだけど……でも、したい。

――そっか、そっか……。

クスクスと、女は笑った。

――まぁ、あたしはあんたみたいなイケメンとできれば、彼女がいようがいまいが、それでいいんだけどね。でも、するからにはしっかり楽しませてよね。

――もちろん。

頷くと同時に、再びキスをする。

そのまま来栖は女性を床に押し倒したかと思うと、手なれた動きで女性が身に着けている服を脱がせた。

――それにしても慣れてるよね。ナンパした子、こうやって連れこむの初めてじゃないでしょ。

されるがままになりながら、女性が問う。

――まぁね。

来栖は否定しなかった。

――でも、彼女がいるのになんで。好きなんじゃないの？

——そりゃ好きだよ。恋人だし。でもさ、あいつとのセックスって、しててもおもしろくないんだよね。

——満足できてないってこと？

——ま、そういうこと……だからさ、俺を満足させてよ。

——それはこっちの台詞《せりふ》だっての。

裸になった二人が、リビングで笑い合う。

本当に楽しそうな表情を浮かべつつ、来栖は自身の肉棒を女性の秘部にグチュリッと密着させると、躊躇《ちゆうちよ》することなく腰を突き出し、肉槍を女性の秘部にズブズブと挿入した。

——んっは……あっあっ……はぁあああ。

女性の口から愉悦の声が漏れる。

——ほら、入った……。

来栖の顔も心地よさそうにゆるんだ。

ふだん整っている顔からは想像もできないほどに、だらしなさを感じさせる顔だ。

自分だけが知っていると思っていた彼氏の顔だ。それを、来栖は見知らぬ女にさらしている。

当然、行為は挿入だけで終わりではなかった。すぐに来栖は腰を振りはじめる。いつも鈴菜にそうしているように、パンパンパンッという腰と腰がぶつかり合う音色が響くほどの勢いで、繰り返し女性に腰をたたきつけた。

後背位でのセックス——女性の身体が前後に揺さぶられる。鈴菜より大きそうな胸が、ピストンに合わせて蠢く有様がなんだかとても生々しく見えた。

最近のカメラは性能がいいせいか、モニター越しでも二人の身体が汗に塗《まみ》れていくのがわかる。たぶんリビング中にあの、噎《む》せ返るような精臭がひろがっていることだろう。

——キス……キスしてよ。

——ああ……。

——んっふ……はちゅうう……。

女性の求めに素直に従い、来栖は改めてキスをした。下半身で繋がり合ったまま、唇と唇を重ね合わせる。来栖と女性——二人の身体が本当にひとつに重なり合い、混ざり合っているかのように見える光景だった。

腰振りに合わせて響く水音と、キスの音色がシンクロする。その音色に、さらに興奮を煽《あお》られたのか、来栖のピストンはより激しさを増していった。

――やっべぇ、もう……我慢できない。もう、出る！　出るっ。

来栖が限界を訴える。

――えっ、もう？　ちょっと待って……もう少し……もう少し待ってよ！　あたしはまだ……だから、少し我慢！　それにナマでしょ……中は！。

女が少し慌てた様子で来栖を止める。

――ごめん……無理っ。

しかし、来栖は謝罪すると、根元まで肉棒を突き入れ、身体をブルッと震わせた。どうやら射精を始めたらしい。

――あっあっ……んんんんっ。

女性もヒクヒクと身体を震わせる。そのまま二人は性器と性器を密着させたまま、ただただ愉悦に溺れるように荒い息を吐きつづけた。

――はぁああ……最高だった。

やがて満足した様子の来栖がペニスを引き抜く。とたんに、ぱっくり開いた女性の膣口から、白濁液がゴポリゴポリと溢れ出した。女性はそれを指で拭い取り、マジマジと見つめる。そのうえで、来栖になにかを言おうとした。

だが、鈴菜はそれを聞かなかった。というよりも、聞くことができなかった。

映像をそこで止める。これ以上は限界だった。

「浮気……してた……来栖君が浮気……」

恋人ができたら、ずっとずっといっしょにいる。結婚して、死んでしまうそのときまで――ずっと、そんなふうに考えてきた。恋人が浮気するなんて、考えたこともなかった。

真っ黒になったモニター画面を見つめながら、自然と鈴菜は涙を流した。

翌日――。

「話って、なに？」

さんざんどうすべきか悩みに悩んだあと、話があると言って出かけようとする来栖を引き留めた。

来栖の表情や態度はふだんとなにも変わりがない。浮気しているなんて嘘のように感じてしまうほどだ。しかし、間違いなく来栖は鈴菜を裏切っている。

「あのさ……来栖君、私に話すことない？」

「鈴菜に話すこと……なんだよ？」

「なにって……その……」

こういうとき、どんなふうに話を切り出せばいいのかわからず、言葉につまってしまう。ただ口をパクパクすることしかできない。

「なに。用事があるならさっさとしてよ。俺も忙しいんだけど」

こちらの煮えきらない態度に、来栖は不機嫌そうな表情になった。いつまでも黙っているわけにはいかない。

「あのさ……これなんだけど……」

だから勇気を振り絞って、スマホを取り出すと、昨日取りこんだカメラの映像を再生し、それを来栖に見せつけた。

「あ……これって……」

来栖は目を見開き、マジマジとこちらを見つめている。

「なんでこんな……」

「なんでって……その、来栖君の様子が最近おかしかったから……もしかして浮気してるんじゃないかと……そう思って……」

「カメラをしかけたのか？」

その問いに、無言で頷いた。

「盗撮かよ……最低だな」

とたんに、来栖の表情が不快そうに歪《ゆが》む。言葉も吐き捨てるようなものだった。

「さ、最低って……でも、来栖君……本当に浮気してて……なんで、どうしてこんなことするの。私のこと……き、嫌いになったの？」

自然と涙が溢れてしまう。感情が揺れ動いているせいで、言葉だって途切れとぎれになってしまった。それでも聞かざるをえない。ただ、問いかけつつも来栖の顔を見ることはできなかった。嫌いになったから――と言われるのが怖かったからだ。

しばらく室内に沈黙がひろがる。ただ、時計のカチカチという音色だけが妙に大きく聞こえた。

「別に嫌いになんかなってないよ」

やがて、来栖がそんな言葉を口にした。

「というか、好きだよ。俺は鈴菜のことが大好きだ。恋人なんだ……当たり前だろ」

言葉をさらに重ねる。

好き――正直、うれしい言葉だった。少しだが、ホッともしてしまう。

「で、でも……だったらなんで、どうして……」

とはいえ、言葉を素直に受け止めることはできない。実際、来栖は浮気をしていた。自分以外の女と、二人で暮らしているこの家でセックスをしていたのだ。正直、リビングにいるだけで吐き気すらこみあげてきてしまう。

「それは……仕方なかったんだよ」

「――へ？」

問いに対する答えは、想像もしていなかったものだった。思わず間の抜けた声さえ漏らしてしまう。

「仕方ない……仕方なく浮気……それって……どういう……」

意味がわからない。

「そのさ……はぁ……俺は確かに鈴菜のことが好きだよ。大好きだ。でもな、ダメなんだよ、鈴菜じゃ」

「ダメって……なにが……？」

「満足できないんだよ」

そう言うと、来栖はタバコを取り出し、吸いはじめた。室内に、鈴菜があまり好きではない臭いがひろがっていく。

「鈴菜のことは大好きで愛してる。でもさ、鈴菜とのセックスじゃ、もの足りないんだよ。なんて言うか、単調なんだよね。つまらないって言えばいいのかな。だからさ、どうしても……欲求不満がたまっちゃうんだよ。でもさ、そんなこと……言えないだろ。言えば絶対おまえ、傷つくし……だから――」

浮気をした。

別の女で、もの足りなかった部分を満たした——そう言いたいらしい。

「な、そ、そんなの……」

開きなおりにしか聞こえない。

「むちゃくちゃなことを言ってるように聞こえるか。まぁ、そうかもしれないな。でもさ、男ってそういうもなんだよ。だから、本当に悪いとは思ってるけど、仕方がなかったんだよ」

言いながら、来栖は何度もタバコを吸う。煙がリビング中に充満していた。

「そういうわけだから、その……俺に浮気してほしくなかったらさ、もう少し鈴菜もがんばってよ。俺だってさ、鈴菜のこと、裏切りたくなんかねぇし」

ひどい言いぶんだ。

なんだか、腹が立ってくる。

ただ同時に、確かに自分も悪かったかもしれないと思わないこともなかった。

実際、自分のセックスは単調だったという自覚はある。

それに、セックスのとき——。

——なぁ、舐めたりしてもらってもいい？

などと来栖にフェラチオを求められても「ごめん……それはちょっと」などと断ったりしていた。

来栖を喜ばせたいという気持ちはあるけれど、どうしても恥ずかしさを感じてしまったからだ。そういう点が不満としてどんどん蓄積されていった結果が、浮気に繋がってしまったのかもしれない。

浮気はひどい。けれど、そうさせてしまった自分もよくない。

家族というのは、そういう不満を埋め合わせることができる存在なのではないのだろうか——などということも考えてしまう。

それに、母が父を責めたことも思い出してしまう。母から教えられてきた「我慢しなさい」という言葉も……。

できれば、我慢なんかしたくない。浮気をしたことを責めたてたい。

でも、それをすれば、父のように来栖もいなくなってしまうかもしれない。せっかくできた家族が壊れてしまう。

母のような後悔を自分もすることになってしまうかもしれない。

そう考えると、わきあがってきた腹立たしさが萎《しぼ》んでいった。

「それで、話ってこれで終わり？」

俯《うつむ》いていると、タバコを吸い終わった来栖が問いかけてきた。

「え……あ、うん……」

我慢をする。大切な、愛する人とこれからもずっといっしょにいるために——そう自分に言い聞かせるように頷いた。

それに対し、来栖は——。

「そっか、だったら出かけてくる。夜には帰ると思うから……そんじゃ」

まるでなにごともなかったかのようにそんな言葉を口にしたかと思うと、さっさと部屋を出ていってしまった。


その夜——。

「好きだぞ。鈴菜……浮気はしちゃったけど、本当に好きなのは鈴菜だけなんだからな。だから、別れるなんて言うなよ」

やさしく語りかけてくる来栖と、鈴菜は身体を重ねた。

けれど、その行為はやはり単調なものであり——。

「はぁ、がんばってこれ？」

すべてが終わったあと、不満そうな言葉を向けられてしまう鈴菜なのだった。

4

「そんなの絶対、別れたほうがいいって」

すべてを聞いた友人の言葉がそれだ。

確かにそのとおりかもしれないと思う。

「でも……私が悪いのも本当だし……私がもう少し来栖君を喜ばせることができれば……」

「いやいや、そういう問題じゃ」

「でも、私……本当に来栖君のことが好きだから……」

友達が言いたいことは理解している。それに、浮気だってされたくなんかはない。

けれど、来栖はやっとできた家族なのだ。別れたくなどない。

別れず、浮気もされない――どうすれば、そんなことが可能なのだろうか。

(それはやっぱり……私ががんばって、来栖君を満足させること……だよね)

実際、不満があるから浮気をしたと、来栖は教えてくれた。

しかし、満足させろと言われても、どうすればいいのかがわからない。

（さすがに、こんなこと……）

友人に聞くわけにもいかないし……。

そのようなことを考えていたとき、スマホが振動した。メッセージが届いたらしい。

メッセージアプリを起動し、内容を確認する。すると、そこには――。

――ワークショップのご案内：あなたは性生活に満足していますか。愛するお相手を満足させることができていますか。性の悩みはなかなか人に話せるものではありません。これは、そんなあなたのための「セックスワークショップ」です。性に精通したプロが、あなたのためにセックスのすべてをお教えいたします。講師：倉橋果南《くらはしかなん》

などという文言が記載されていた。

第二章　闇のセックスワークショップ

1

（えっと……ここか……）

メッセージアプリの地図に記された場所にやってきた。それほど大きくはない雑居ビルが建っている。一階はコンビニだ。ワークショップが行われるのは、ここの二階である。

二階の窓を見あげる。中を確認することはできない。ただ、明かりがついているのはわかった。人がいることは間違いないだろう。

そのまましばらく立ちつくす。ビルに入って二階に上がるべきか、それとも立ち去るべきか……。

(帰るべき……やっぱり帰ったほうがいいよね)

鈴菜と来栖の間にある悩みは、性に関するものであることは確かだ。だからこそ、タイミングよく届いたセックスワークショップ案内に心が揺れてしまった。

だが、よくよく考えてみれば、あまりに怪しい誘いだ。なにかの詐欺だとしてもおかしくないし、セックスワークショップなんていう文言自体、なんだか危険な感じだ。

(来栖君を満足させられるようなことが学べればと思ったけど……)

怖いという気持ちがどんどんふくれあがる。

(帰ろう)

そう決めた。参加の旨をメッセージアプリで送ってしまっているけれど、どたキャンしたところで問題はないだろう。ビルに背を向け、歩き出そうとする。

だが、その刹那、ドンッと、真うしろに立っていた人に当たってしまった。

「あ、すみません」

すぐさま謝罪しつつ、顔を上げる。

すると、そこには——。

「大丈夫ですよ」

一人の女性がいた。

背中まで届きそうなほど長い黒髪に、身体にピッタリフィットしたパンツスーツを身に着けた女性だ。スーツの上からでも、ハッキリとスタイルのよさがわかる。

大きくふくらんだ胸もと——Fカップはあるかもしれない——に、キュッと引きしまったくびれ、ムチッとふくらんだヒップ、まるでモデルのようにしなやかな身体つきである。そのうえ顔だちも、同性である鈴菜でさえ見惚《みと》れてしまうほど整っていた。切れ長の目に、まっすぐ通った鼻すじ、艶やかな唇——女優でもここまできれいな顔だちの人間は見たことがないかもしれないといったレベルだ。

実際、街を歩く人々も一瞬足を止めて女性を見ているほどである。年は二十代後半といったところだろうか。

「……どうかしましたか？」

ぼんやり見つめ、ためらっていると、女性が不思議そうに首を傾げた。

「え……あ、その、なんでもないです。大丈夫です」

慌てて取りつくろう。

「その、ぶつかったりしてすみませんでした」

謝罪しつつ、そのまま女性の前から逃げるように立ち去ろうとした。

「待ってください」

だが、引き留められてしまう。ギュッと手まで取られてしまった。

女性の温かな体温が伝わってくる。手首を握られただけなのに、なんだか心地よくて、ゾクゾクするような感覚さえ抱いてしまう。

「え、あ……なんでしょう？」

しかし、そんな感覚に溺れるわけにはいかない。なぜ女性は自分を引き留めたのだろうかと、困惑しながら尋ねる。

「違ったら申しわけないんですけど、あなた、ワークショップの参加者ですか？」

見ているだけで吸いこまれそうな気分になるほど黒いけれど、なんだか宝石みたいに美しい瞳で、こちらの目をまっすぐ見つめながら女性は尋ねてきた。

「え……わ、ワークショップって……」

「セックスワークショップ……あなた、参加者でしょう？」

街中で口にするのは憚《はばか》られるような単語を、女性は躊躇なく口にする。ただ、鈴の音のように美しい声色のためか、まるでその名に胡散《うさん》くささを感じるようなことはなかった。

「それは……その……」

とはいえ、参加は取りやめにしようと思っていたのだ。簡単に頷くことはできない。

「ここまで来たけど、ためらってしまった感じみたいですね。まぁ、気持ちはわかりますよ。セックスワークショップなんて怪しすぎますからね。でも、大丈夫。怪しいことなんか、なにもありません。このワークショップは……私は、本当に性のことで悩んでいる人を救いたいだけなのです」

「私は……？」

妙な言いまわしが気になる。

すると女性は、口もとにやさしげな笑みを浮かべると——。

「私は倉橋果南と申します。セックスワークショップの主催者であり、講師です。よろしくお願いします」

丁寧に、頭まで下げている。

そんな女性——果南の挨拶に、

「あ、その……私は……宮園鈴菜です。その……よろしくお願いします」

流されるように名乗り、頭を下げてしまった。

「ふふ、ああ、はい……確かに名簿にありますね。では、宮園さん……いえ、鈴菜さんとお呼びしましょう。ほかの参加者の方も待っています。さぁ、来てください」

こちらの手を握ったまま、果南はビルに向かって歩き出す。

逃げることなんかできない。連れられるままに、鈴菜も雑居ビルへと足を踏み入れるのだった。

そして、二階の部屋に入る。

学校の教室くらいの大きさの部屋だ。ただし、室内にはデスクなどはない。いくつかのパイプ椅子と、ホワイトボードが置かれているだけだ。そしてそのパイプ椅子には、四人の男女が座っていた。

一人は制服姿の女子学生だ。髪は鈴菜より少し短めの、肩に当たるか当たらないか程度の長さである。少しだけ茶色く染められていた。肌も焼いているのか、小麦色だ。学生にしては化粧も派手なように見えなくもない。ギャルっぽく見える女の子だ。

その隣に座っているのは男性だ。三十代半ばから後半くらいに見える。身に着けているのはスーツだ。短めの髪をオールバックふうに整えている。いかにも会社員といった服装、風貌だ。

そんな男性と並んで座っているのは女性だ。髪はセミロング。パーマをかけているのか、少しウエーブがかっているのがなんだか艶っぽい。胸もとタックのカットソーとロングスカートを身に着けている。上品さを感じさせる着こなしだ。仕事着のようには見えない。先ほどの男性との距離が、女子学生よりかなり近い。身体がくっつきそうなほどの距離で座っている。そこから想像するに、恋人同士か夫婦なのかもしれない。年齢も男性と同年代ぐらいに見える。

最後の一人はやはり女性だ。髪は首すじがはっきり見えるほどのショートカットだ。まるみを感じさせるボブカットがなんだかかわいらしい。服装はスーツだ。ただし、パンツスタイルの果南とは違って、スカートを穿《は》いている。スカートからのぞき見える両脚は黒いストッキングで隠されていた。年は二十代半ばくらいだろうか。鈴菜より少し年上であることは間違いないだろう。

とはいっても、四、五歳程度だろう。

(だけど、すごく大人に見える)

それは、スーツのおかげなのだろうか。

思わず自分を見た。

今日の服装はノースリーブニットのドッキングワンピースだ。いちおう、よそ行きということで、前に来栖に買ってもらった服の中でもいちばんしっかりしたものを選んできたつもりである。似合っているとは思うけれど、女子学生を除くこの場にいる女性たちと比べると、なんだか少し子供っぽい気がしてしまって恥ずかしかった。

「大丈夫……よく似合っていますよ」

するると、まるでこちらの心を読んだかのような言葉を、果南が耳もとで囁いた。言葉とともに、吐息が耳に吹きかかる。反射的に、ビクッと身体を震わせることとなってしまった。

果南はそうした反応に「驚かしてしまいましたね。すみません」と謝罪しつつ、開いているパイプ椅子へと目を向けた。あれに座れということらしい。

(本当に大丈夫かな?)

このワークショップに対する疑念は当然まだある。怖さだって感じる。ただ、どうしてかはよくわからないけれど、果南の指示には従ってしまう。疑念を抱きつつも、促されるがままに、パイプ椅子に座る。

それを見て果南は、満足そうな表情を浮かべたかと思うと、横一列に並んで座る鈴菜たちの前に立った。

「さて、それでは時間です。最後の一人もこうして無事来てくれたことですし、始めさせていただきます。では、改めて自己紹介させていただきます。私はこのワークショップの主催者であり、講師である倉橋果南です。よろしくお願いします」

緊張しているふうでもなく、慣れた感じで、果南が頭を下げた。

「今回のワークショップは、事前にお知らせしたとおり、セックスワークショップとなります。みなさんが抱えているセックス、性に関するお悩みを解消することが目的です」

「あの……なんのために、こんなことを……」

語る果南に対し、スーツ姿の、たぶんOL女性が口を挟んだ。

「理由は単純です。昔、私も性に関することでいろいろ悩んだことがありました。そのとき、相談できる人がいたおかげで救われた。だから私も、同じように悩みを抱えている人々を救いたいと思ったのです。以来、定期的にこうしてワークショップを開いているのですよ」

質問に、果南はやさしく答える。

OL女性は納得したらしく「ありがとうございます」と頭を下げた。

「さて、それでは……時間の問題もありますし、さっそく始めていきましょう。というわけで、まずはみなさんには自己紹介と、ここに来ることになったお悩みを話していただきます。よろしいですね」

語りつつ、一人ひとりの顔を、果南は見つめた。当然、鈴菜とも目が合う。とたんに少し緊張してしまい、思わず身体を強張《こわば》らせた。

「大丈夫。緊張する必要なんてありませんからね」

果南の声色はどこまでもやさしい。少しだけ安心することができた。

「では……最初は……」

こちらがホッとしたことに気づいたのか、わずかに表情をゆるめつつ、果南は女子学生に視線を向けた。

「あたし？」

「はい、お願いします」

「……最初かよ」

女子学生は少し不満げにブツブツ呟《つぶや》く。けれど、それ以上逆らうことはなく、立ちあがると「あたしは――」と、自己紹介しようとした。

「待ってください」

けれど、それを果南が止める。

「なにさ？」

「いえ……自己紹介は、みなさんの前に立ってでお願いします。こちらに来てくださ い」

「え……前で……」

女子学生は、やはりためらうようなそぶりを見せた。だが、それはわずかな時間だ。フウッとため息をつくと、果南に並ぶように、鈴菜たちの前に立った。

「あたしは……杉本夏美《すぎもとなつみ》……です。よろしく」

みなの前での自己紹介ということに緊張しているらしく、女子学生——夏美は視線を宙に泳がせつつ、搾り出すように名前を口にした。

「……夏美さんは、学生でいいんですよね？」

そんな夏美に果南が尋ねる。どうやら果南は、人を苗字《みようじ》ではなく名前で呼ぶ人間らしい。ふだんからそうなのか、ワークショップの間だけなのかはわからないが……。

「まぁ、そう……えっと、今年で二年生」

「なるほど。ではなぜ、夏美さんはこのワークショップに参加されたのですか？」

果南は質問を重ねる。

この様子に、鈴菜は少しだけ安心した。自分だけで話すより、こういう質問形式のほうが話しやすいと思ったからだ。

実際、夏美も同じように感じたのか、少しだけホッとしたような表情を浮かべつつ、

「あたしがここに来たのは……その……えっと……その……し……処女を……捨てたかったから……」

などと、何度もためらいつつ口にした。

（……どういうことだろう？）

鈴菜にはあまり理解ができない理由だ。

「処女を……なぜです？」

鈴菜の疑問を代弁するかのように、果南がストレートにわけを尋ねる。

「……みんなが処女を捨ててるから」

問いかけに対し、夏美はぶっきらぼうに答えた。しかし、それだけでは答えが足りないと思ったのか、すぐに話を続ける。

「その……あたしには友達がけっこういるんだけど、みんな処女じゃないんだよね。で、あたしに言ってくるんだよ。セックスがどれだけ気持ちがいいことかってことをさ。そのうえで……あたしも早く処女を捨てたほうがいいって」

「なるほど。でも、そんなかたちで処女を捨てることになっていいんですか。初めては好きなお相手がいい……とかじゃなくても？」

果南が首を傾げる。

「最初は好きな相手がいいって、あたしも思ってたよ。でもさ、見ちゃったんだ。友達がセックスしてるところ……偶然の事故みたいなものだったけどね。感じてる姿を……本当に気持ちよさそうだった」

男と肌を重ね、喘ぐ友人の姿に、どうしようもないほどに興奮を覚えてしまったらしい。自分もあんなふうに感じてみたい――夏美はそう思ったと語った。

「でもさ、相手がいない。だから、その……オナニーとかで我慢することにしたんだ。あたしにだって、好きな相手ができればセックスくらいすぐにできる。だから、それまでは……オナニーで我慢すればいいって……」

なにげないふうに、オナニーと口にする。ただ、その顔は少し恥ずかしそうだった。

「でも……やっぱり満足できなかった。オナニーじゃ足りなかった。それどころか、すればするほど……やっぱりセックスしてみたいって想いが強くなってきた。我慢しなくちゃって気持ちを抑えきれないくらいにさ」

どうしても身体を重ねてみたい。男を知りたい――そんな想いが制御できないほどに肥大化してしまったらしい。

「だからもう、誰が相手でもいいって思った。そりゃ好きな相手のほうがいいとは思うけど、それより大事なのは、このもどかしさをどうにかすることと、みんなに置いていかれないことだから。だからその、処女を捨てることさえできればそれで……」

「……だったら援助交際とかでもよかったんじゃないですか？」

けっこうドキリとするような単語だ。だが果南はいっさい躊躇せず、口にする。

「それは確かにそうだけど……それはそれで、ちょっと怖かった。だからって、友達に相手を用意してもらうのは、なんかちょっとさすがに恥ずかしすぎるし……だから、どうしようかって悩んでたら、そんなときに……」

「ワークショップの案内が届いたということですか」

鈴菜からすると、こんな怪しいワークショップだって十分怖い。だが、直接自分で見ず知らずの相手を探して会うよりは、まだマシだ――と、夏美は判断したのだろう。

「わかりました」

「……この考え方って、変かな？」

少しだけ不安そうに、夏美は果南に尋ねる。

「別に変なことなんかありませんよ。性のかたちは人それぞれです。大事なのは自分の心ですから。捨てたければ捨てればいい。それだけです」

「……そっか」

果南の言葉に、夏美はわずかだけれど、口もとに笑みを浮かべた。

「夏美さん、ありがとうございました。さて、では、次は……ご夫婦でご参加ということで、お二人にお願いします」

夏美を席に戻すと、果南は会社員ふうの男性と、彼と並んで座る女性に視線を向けた。最初に思ったとおり、夫婦らしい。

二人は顔を見合わせると、少しだけためらうようなそぶりを見せつつも、先ほどの夏美と同じように、みんなの前に並んで立った。

「えっと……その、私は犀川祐馬《さいかわゆうま》と申します」

「……犀川唯《さいかわゆい》です。祐馬の妻です」

夏美同様、二人は名乗る。

「ありがとうございます。それで、祐馬さん、唯さん……お二人はなぜ、このワークショップにご参加を……」

「それはその……」

祐馬は唯をチラッと見た。唯はその視線に頷き返す。それを確認したうえで祐馬は、

「最近、二人のその……セックスがマンネリになってきたからです」

と、答えを口にした。

「私は唯を愛しています。唯も私を愛してくれています。愛している人とともに暮らす――とても幸せなことです」

その気持ちは、鈴菜にだってよくわかる。

「ですが、幸せなのですが……その、セックスでは満足できないんです。いつも同じことの繰り返しのように感じてしまうと言うか……」

「抱かれることは幸せなことです。自分で気持ちよくなってもらえるというのもうれしいことです」

夫の言葉を引き継ぐように、唯が話しはじめる。

「でも、うれしくて幸せなはずなのに、なにかが……刺激が足りないと思ってしまうんです。興奮しきれないと言うべきでしょうか。そのせいで、どうしても欲求不満のような感覚を抱いてしまうんです」

「お二人とも、同じようにそう思っている——ということですか？」

「そうなりますね」

祐馬が頷いた。

「だから、案内が届いたとき……その、申しわけないのですが、怪しいと感じつつも、参加してみるのもいいんじゃないかって思ったんです」

「そうですか。ありがとうございます。お二人のお悩みを解決できるようなご提案をさせていただきますね」

怪しいと言われてもまるで動じることなく、果南は笑顔を浮かべながら、祐馬と唯の夫婦に頭を下げた。

そんな夫婦の自己紹介の次は——。

「橋崎《はしざき》です……橋崎詩音《しおん》と言います。いちおう会社員です……」

ＯＬ女性が前に立ち、名乗った。

「私がここに来たのは、間違いを犯してしまいそうな気がしたからです」

「間違い……どんな間違いですか？」

「その……私には好きな子がいるのですが、その子と……」

「好きなお相手ですか……そのお相手と詩音さんの関係は？」

「……幼なじみ……ですかね」

その相手と詩音は、十数年のつき合いらしい。

「幼なじみで、気心の知れたお相手ですか……だったら、間違いを犯してもいいような気がしますね。相手だって、詩音さんのことは嫌いではないと思いますし」

「それは……はい。好かれている自信はあります。でも、それはたぶん、異性に対する好きとは違うと思うんです。たぶん彼は……私のことを姉としか思っていません」

「姉……ですか……それはつまり、お相手の子と詩音さんの年は離れている。お相手は年下ということですか？」

果南が問いを重ねる。

それに対し、詩音はしばらく押し黙ったあと、首を縦に振った。

「私より十歳以上年下です」

「そういうことですか」

正確な年齢はわからないけれど、詩音だってまだ若い。そんな詩音より十歳以上年下となると、相手の年齢は推して知るべしだ。そんな相手に気持ちを伝える――確かに間違いといえるかもしれない。

「しかし、それとこのワークショップに来ることに、どういう繋がりが……」

「……私は彼のことが好きです。それにたぶん……彼も私のことを……でも、間違いを犯してはならない相手だということは理解しています。それに、ひとまわりも年上の女とつき合うなんてことになったら、いつか彼だって後悔してしまうかもしれない。だから別な相手を好きになろうと考えて、婚活パーティーに参加したり、マッチングアプリを使ったりして、いろいろな男性と出会ったりしました」

幼なじみより強く想える相手を作ろうとしたらしい。だが、それはどんな男と出会っても、幼なじみへの想いは断ちきれなかった。それどころか、いろいろな男と接すれば接するほど、想いはさらに強くなってしまったらしい。

それこそ、自分から押し倒して、犯してしまいたい——などということさえも考えてしまうほどにだ。

「そんなの犯罪です。だから、決めたんです。その……こんな言い方は悪いですけど、怪しいと思っていたこのワークショップに……」

「……ふむ」

詩音の言葉に、果南は顎に手を添え、なにかを考える。そして、すぐ——。

「男と出会っても、想いは消せなかった。だったら、性欲を満たす——そういう方向を取って見ようと思った……といったところですか？」

などという答えを口にした。

「……まぁ、そんなところです」

直接、援助交際やパパ活のような手段を取らなかったのは、やはり夏美と同じで、怖かったかららしい。

「理解いたしました。ありがとうございます……さて、それでは最後に……」

詩音が席に戻るとともに、果南が鈴菜へと視線を向けてきた。

なんだか緊張してしまう。喉が渇き、思わずゴクリと息を呑んだ。なんだか逃げ出したくなってしまう。やっぱりやめますと言うべきだろうか。けれど、ほかのみなはすでに理由を話している。自分だけ黙っているというのも据わりが悪い。

小さく息を吸うと、ここまで来てしまったのだから――と、自分に言い聞かせるとともに、鈴菜は立ちあがり、

「……宮園鈴菜です」

と名乗った。

そのうえで、ここに来た理由を話す。

来栖との関係、彼に言われたこと、彼のためにできることをしたいと思ったことを、何度も言葉につっかえつつも、なんとかすべて話した。

「わかりました。ありがとうございます」

丁寧なやさしい口調で、果南がそう告げる。

いったい、どう思われたのだろうか。変なふうに思われたらいやだ。それに話の内容は自分の性生活に直結することなので恥ずかしさもある。それでも、果南の態度のおかげか、少しだけ肩の荷が下りたような気がした。

自分の席に戻って座る。

「みなさん、恥ずかしさもあるでしょうに、お話ししてくださり、ありがとうございました」

鈴菜が着席したことを確認すると、果南が改めて礼の言葉を口にした。

「みなさんの率直なお気持ち……お悩み、それをしっかり解決できるよう、努めさせていただきます。どうぞみなさん、よろしくお願いいたします」

どこまでも丁寧に、果南は頭を下げている。それに鈴菜は礼を返した。それは鈴菜だけではない。この場に集まっている、ほかのメンバーも同様である。

「では、さっそくお悩みを解決させていただきますね」

果南はにっこり笑った。

そのうえで、部屋の隅へ移動する。つられて視線を向けると、部屋の端にはまるめたマットのようなものが置いてあった。果南はそれを拾いあげると床にひろげた。清潔感がある白いマットだ。ちょっとした敷き布団くらいの大きさはあるかもしれない。

しかし、いきなりこんなものをひろげるなんて、いったい、なにを考えているのだろうか。そんな疑問を訴えるように果南を見る。鈴菜だけではなく、ほかの四人も同様だ。

「これは……なに？」

みなを代表するように、夏美が尋ねる。

「ベッドがわりです」

「ベッド……なんでこんな所にベッドを……」

「簡単なことです。この上でセックスをしてもらうのですよ……夏美さんと……祐馬さんでね」

首を傾げる夏美に対する果南の答えは、実にストレートなものだった。

「――は？」

返ってきた言葉に、夏美は驚いたように目を見開き、呆然と果南を見る。祐馬と彼の妻である唯も同様だった。詩音だって驚いた顔をしている。鈴菜の思考も一瞬真っ白になった。

「セックスをするって……どういうことですか。ここで……えっ……はぁ!?」

尋ねたのは祐馬だ。ただし、唯も同じことを考えているのか、視線で言葉の意味を果南に問うているのがわかる。

「言葉のとおりです。ここで……みなさんの前で、身体を重ねてください」

「……どうしてそんなこと……」

「もちろん、お悩みを解決するためですよ。あなたたちのお悩みを解決するうえで、これほど簡単で簡潔な方法はありません。いいですか、よく考えてくださいね」

そこで果南は、いったん言葉を切ったうえで――。

「まず、夏美さんのお悩みは処女であること。ここに来たのは処女を失うためです。そして、祐馬さんと唯さん――犀川さんご夫婦が来た理由は、セックスのマンネリの解消のため……であるのならば、祐馬さんと夏美さんが身体を重ねればいいのです」

ゆっくりと、はっきりと、聞き取りやすい声で告げた。

「祐馬さんとセックスすれば、夏美さんは処女を捨てられますからね。そして、祐馬さんと唯さんは……マンネリを解消できる。夫が別の女を抱く姿を見る。妻に見られながら別の女を抱く――これほどマンネリ解消になる刺激はありません」

「これほどって……さすがにむちゃくちゃすぎる。そんなの浮気だ……」

これは祐馬の意見だ。ただ、鈴菜も同意できる意見ではあった。

マンネリ解消のために浮気をするなんて、ちょっとおかしい気がする。

「浮気ではありませんよ」

だが、果南は首を左右に振った。

「奥様同意のうえでのセックスですよ。奥様も受け入れているのならば、それは浮気にはなりません。だから、問題ないですよ」

「問題ないって……だからって……」

「まぁ、祐馬さんは奥様を愛していらっしゃるようですから、ためらう気持ちはわかります。しかし、これは奥様のためでもあるのですよ。こういう経験をすることで、二人の新たな性が開かれるのです。新しい刺激……お二人に必要なものです。それは理解していますよね。わかっているから、ここに来たのですよね？」

「それは……」

祐馬が言葉につまる。

「で、でも……初めてがこんなところで……しかも、見られながらなんて……」

それでも言いわけみたいに、なんとか言葉を絞り出した。

「なるほど……まぁ、確かにそのとおりです。しかし、これは見ていただかなければならない。特に鈴菜さんには」

「わ、私ですか？」

「はい。だって、鈴菜さんは恋人を満足させる術を学びに、ここに来たんですよね。であれば、ほかの方のセックスを見る必要がある。鈴菜さんにとっては大事なことです」

「それは……その……」

確かにそうかもしれない。

人のセックスを見れば、自分の足りない部分がわかるかもしれないのだ。

「というわけで、この場でしていただくのは絶対です。そして、夏美さん……あなたはそれでもかまわないですよね？」

果南の視線が、今度は夏美へと向けられる。

「え……あ……それはその……」

「あなたは処女さえ捨てられればそれでいい。処女を捨てられるのであれば、見られていたってかまわないですよね？」

「いや、さすがにそれは……」

「いやだというのならば、それでかまいませんが、その場合、処女を捨てるのが遅れてしまいますよ。それでもかまわないのですか？」

「え……あ、それは……困るかも……」

よほど自分だけ友人たちから遅れているのがいやらしい。

「だったら、できますね？」

「あ……その……う、うん……」

果南の言葉に流されるように、夏美は頷いた。

「ほら、夏美さんはいいそうですよ。犀川さんご夫妻はどうなさいますか。あなたたち二人のこれからのためですよ」

どこまでもやさしい口調で、これしか道はない――と仄《ほの》めかすようなことを、果南は口にする。

その問いに、夫婦は顔を見合わせたあと――。

「本当に……それでマンネリ解消になるんですか？」

妻の唯のほうが果南に尋ねた。

「もちろんです」

その問いに対し、果南はどこまでも笑顔で頷くのだった。

2

敷かれたマットに座った状態で、祐馬と夏美が向かい合う。鈴菜たちは、そんな二人を囲む。

「では、服を脱いでください。お二人の、生まれたままの姿を私たちに見せてくださいね」

果南の指示が向けられる。

それに対し、二人がすぐに動き出すようなことはなかった。こんな状況で全裸になるなどためらって当然だ。けれど、従わなければなにも進まない——そう認識したのか、まずは祐馬のほうが大きく息を吐くと、身に着けていたスーツを脱ぎ捨て、下着姿となった。

それを見た夏美が、表情を硬くする。迷うように、視線を宙に泳がせた。ただ、やがて祐馬と同じく観念したのか、ためらいつつも自身の制服に手をかけ、脱ぎ捨てた。祐馬同様、下着姿となる。

褐色の肢体に白いブラとショーツがなんだか眩《まぶ》しい。胸の大きさは鈴菜とだいたい同じくらいに見える。呼吸に合わせて胸もとが上下する様が、同性の目から見てもなんだかとても艶《なま》めかしく見えた。

「下着もですよ。生まれたままの姿と言ったでしょう？」

それでも果南は満足しない。さらなる指示を飛ばす。

それに対し、夏美と祐馬は顔を見合わせたあと、下着にも手をかけて脱ぎ捨てた。

夏美の胸や股間部が剝き出しになる。下着を身に着けていた部分の肌は白い。日焼けサロンで焼いたのか、それとも海で焼いたのかはわからないけれど、そのときには下着か水着を身に着けていたのだろう。

ふくれあがった白い乳房の先端部はきれいなピンク色だ。乳輪はそれほど大きくはない。股間部のほうはと言うと、陰毛は薄いほうだった。ピッチリ閉じた割れ目がはっきりと見える。

思わず向けてしまった、観察するような視線――それに気づいたのか、夏美は慌てて胸と股間部を隠した。

そんな反応をさせてしまったことになんだか少し申しわけなさを感じつつ、鈴菜は次に祐馬へと視線を向けた。

祐馬の股間も露になっている。

こんな状況で緊張しているのか、まだ勃起はしていない。しかし――。

（大きい……）

思わずそんなことを考えてしまうほどに、祐馬の肉棒は逞しい感じがした。

勃起前だけれど、長さ十センチほどはあるように見える。勃起時の来栖のモノとほぼ同じくらいの大きさはあるだろう。それに、基本皮をかぶっている来栖のモノとは違い、勃起前でも包皮が剝け、亀頭が剝き出しになっていた。赤黒い肉先がはっきりと視界に映る。

（……あれって……人によって、こんなに違うんだ）

なんだかかわいらしさを感じさせる来栖のモノとは違い、勃起前なのに、なんだか逞しい男を感じさせるペニスだった。

「……なかなかご立派そうですね」

果南もペニスを見ながら呟く。

「ですが、いくらご立派なモノでも、そのままでは意味がありません。しっかり勃起させないと。ですから……夏美さん、大きくさせてあげてください」

「え……あたしが？」

「はい、セックスにおいて愛撫というのはとても大切な行為ですからね。前戯も含めてセックスですよ。大丈夫、やり方は私が教えます」

そう言うと、果南は夏美の耳もとに唇を寄せ、なにかをボソボソと囁いた。それを聞いた夏美は、少しだけ驚いたように目を見開く。そのうえでまた、どうすべきか悩むような表情を浮かべたけれど、すぐに意を決したような表情を浮かべ——。

「その……痛かったら言ってよね」

ゆっくりと、祐馬へと近づいた。

手を伸ばし、祐馬のペニスに触れる。とたんに祐馬は、ビクッと身体を震わせた。

そうした反応に、夏美も一度ペニスから手を離し、驚きの表情を浮かべる。ただし、わずかな時間だ。

すぐにまた、肉棒に指を這《は》わせる。再び、ヒクッと祐馬が震えた。だが、今度は手を離さない。そのままゆっくりと肉棒を握りしめると、おっかなびっくりといった様子ではあるけれど、ペニスをしごくように刺激しはじめた。根元から先端までを何度も擦りあげていく。

いい年の男に女子学生が手淫を行うという状況――なんだかとても背徳的だ。目を離すことができない。自然と息が荒くなってしまう。目の前の光景に、鈴菜は間違いなく興奮していた。

この光景を見ている詩音や唯も同じだろう。

二人とも顔をわずかに赤らめつつ、ジッと二人の行為を見つめている。

この中で果南だけが、余裕を感じさせる超然とした表情を浮かべていた。

そんな異様な状況の中で手淫は続く。何度も何度も夏美は肉棒を擦った。

けれど、なかなか勃起しない。

「……男性は私たち女と比べると粗野なようではありますが、なかなか繊細でもあります。状況がふだんと少し違うだけで勃起しない――ということは、普通にあり得ることなのですよ」

果南が説明してくれた。

「じゃ、じゃあ、どうすれば……」

それを聞いていた夏美が、困ったような表情を向ける。

「そうですね……でしたら……」

また耳もとでなにかを囁いた。

「そんなこと……」

「セックスのときには、みなさんやっていることです。処女を捨てるのであれば、これくらいできないといけませんよ」

みんながしていることとは、いったいなんだろう――そんな疑問を鈴菜は抱く。すると、答え合わせだとでも言うように「……わかった」と頷いた夏美が、祐馬の股間へと顔を寄せていった。

「んっ」

そのまま、ペニスに口づけをする。

「うっく」

とたんに祐馬が、今度は身体を震わせるだけではなく、声を漏らした。そうした反応を、夏美は上目遣いで見つめつつ、

「んっちゅ、ふちゅっ……ちゅっちゅっ……んちゅう」

と、さらに肉棒に対する口づけを繰り返した。

「いいですよ。その調子で今度はキスだけではなく舐めてください」

果南がさらなる行為を望む。

「こ、こう？　んっれろ……れろぉ……」

夏美はそれに従うように、舌を伸ばしてペニスを舐めた。チロチロと、まるでアイスでも舐めるみたいに肉槍を刺激する。もちろん処女である夏美にとって、このような行為は初めてのことだろう。その動きは明らかにぎこちないものだった。

しかし、男にはそれでも十分気持ちがいいのか、これまで萎えたままだった祐馬の肉棒が勃起を始めた。ムクムクと肉槍が大きく、硬く、屹立《きつりつ》していく。先ほどまで十センチ程度だったペニスは、あっという間に十五センチ以上はありそうなほどに大きくなった。

亀頭部が膨張し、カリ首が大きく開く。肉茎にはいくすじもの血管が浮かびあがった。来栖のモノよりひとまわり以上大きく見える。同じ男とは思えないほどに逞しさを感じさせるペニスだ。

「嘘……こんなに大きくなるの？」

変化に夏美も驚いたような表情を浮かべる。

「そうです。男性器とは私たち女が思っている以上に逞しいものなのですよ。ですが、もっとです。もっと刺激すれば、より大きくなるはずですよ。ですから夏美さん、ただ舐めるだけではなく、咥《くわ》えてあげてください。口で咥えて、おち×ちんを吸うのです。口全体を使って、しごいてください」

「……わ、わかった……」

果南の指示に、夏美が頷く。

この異様な状況に流されるみたいに、夏美は小さな口を開くと、祐馬の肉棒を咥えこんだ。口が大きく拡張される。夏美の顔が、なんだか少し情けなささえ感じさせるようなものに変わった。

それでも夏美は、熱に浮かされているかのように行為をやめない。先ほど果南に言われたとおり、口唇でキュッと肉茎を挟みこむと、

「んっじゅ……ふじゅるっ、ちゅっず……じゅるる……んじゅるるるるぅ」

と、下品な音色が響いてしまうことも厭うことなく、肉棒を吸いはじめた。

そのうえで、頭まで振りはじめる。ジュルジュルという音色を奏でながら、肉棒を口唇で擦りあげた。

「くっ、それ……あっ、うくぅううっ」

口唇奉仕が気持ちいいのか、祐馬はせつなげに眉間に皺を寄せつつ、愉悦まじりの声を漏らす。

「あなた……」

夫のそのような姿に、唯がどことなく苦しそうな表情を浮かべた。ただ、なぜか彼女の腰は少し引けている。太股と太股を擦り合わせているようにも見えた。

「くっ……唯……ごめん……」

そうした妻の様子に、祐馬が申しわけなさそうな表情を浮かべる。ただ、そうして謝罪の言葉を口にしつつも、咥えこまれた肉棒をより大きくふくれあがらせていた。

(あれ……感じてる。気持ちよくなってるんだ……)

フェラチオを、鈴菜は知識では知っていた。これまでしてほしいと来栖に求められたことだってある。だが、なんだか恥ずかしくて、今までしたことはなかった。

(でも、もしかしたら……)

素直に言うことを聞いてしてあげたほうが、よかったのかもしれない。

夏美が口淫をするのは当然初めてのことだ。フェラチオをしたことがない鈴菜の目から見ても、明らかに動きは悪い。下手くそだということが、ひと目でわかるレベルだ。だというのに、たぶんこれまで何度も唯から口淫を受けたことがあるであろう祐馬は気持ちがよさそうだ。

初めてでもあれだけ感じさせることができる。つまり、自分でもきっと来栖を感じさせることができたのだろう。それなのに、自分は来栖の求めに応えられなかった。

(そういうところが不満だったのかもしれない)

「……勉強になりますか?」

まるでこちらの思考を読んだかのように、果南が尋ねてきた。

「それはその……はい……」

認めざるをえない。

「それはよかったです。その調子でもっともっと、ここでセックスについて学んでくださいね」

果南の言葉に無言で頷いた。

そんな鈴菜の前で、夏美が一度咥えていたペニスを放す。ジュポンッと口腔《こうこう》から引き抜かれた肉槍は、さらに大きさを増し、長さ二十センチほどになっていた。亀頭も今にも破裂しそうなレベルで張りつめている。それほどに大きなペニス全体が唾液で濡れ、窓から射《さ》しこむ明かりを反射してヌラヌラ輝きつつ、呼吸するようにヒクンッヒクンッと震える様が、なんだかとてつもなく淫靡《いんび》なものに見えた。

「とても立派なおち×ちんですね。準備は万端といった感じですか。ですが、セックスは一人だけ準備ができても始められるものではありません。祐馬さんならよくわかっていますよね？」

果南が問いかける。

すると祐馬は、わかっている——というように頷くと、一度妻である唯を見たあと、意を決したように、目の前の夏美をマットの上に押し倒した。

「えっ……ちょっ……なにを⁉」

いきなりのことに、夏美が慌てる。

「大丈夫ですよ。先ほど夏美さんが気持ちよくしてあげたように、今度は祐馬さんがあなたに愛撫をするだけですから」

宥《なだ》めるように、果南が囁いた。

その言葉を肯定するように、押し倒した夏美の秘部に祐馬が顔を寄せていく。先ほどのフェラチオで興奮したのか、閉じていたはずの割れ目はわずかだけれど左右に開き、のぞき見えるピンク色のヒダヒダの表面は、しっとりと濡れていた。

そんな秘部に祐馬が口づけをする。グチュリッという淫猥な水音が響きわたった。

「あんんっ」

とたんに、夏美の口から艶やかな悲鳴が漏れる。肢体も先ほどの祐馬と同じように、ビクビクッと電気でも流されたかのように震えた。祐馬はそうした様子を上目遣いで観察しつつ、舌を伸ばす。ピチャピチャと舌を蠢かし、夏美の秘部を舐めはじめた。

「ちょっ、んっ、あっ、あっふ……んふうう！　そ、それダメ！　ダメだって、それはっあっあっ……はぁあああ！」

とたんに夏美が泣きはじめる。淫靡さを感じさせる女の声だ。舌の動きに合わせて身体を震わせながら「あっあっあっ」と何度も喘いだ。

（夏美さん……気持ちよさそう……）

自分より年下の少女の表情が、艶まじりのものに変わってくる。瞳は潤み、唇は半開き。眉根はせつなげだ。顔色も真っ赤になっている。祐馬の愛撫に比例するように、全身を汗で濡らしはじめた。少女ではなく、女としか言えないような姿だ。ムワッとした発情臭まで漂わせはじめる。わきあがってきた女の匂いは、思わず噎せてしまいそうになるほど濃厚なものだった。

当然、夏美の秘部からは愛液が溢れ出している。割れ目はさらに開き、もっと舐めてと訴えるかのように、ヒダヒダが蠢くのもよくわかった。

「ダメだって……これ、あたし……なんか……んんん！　変になる！　こんなの……

おかしくなっちゃうって……あっあっ……んんん！　はっふあ……んひんんっ」

　ダメ——そう口にはする。

　しかし、夏美は腰を浮かせていた。もっと舐めてと訴えるかのように、祐馬の口に自分から強く秘部を押しつけているように見える。

（愛撫って……あんなに気持ちよさそうになるものなの？）

　来栖に対して、鈴菜は前戯をしたことがない。同時に、来栖から愛撫を受けたこともなかった。いつもキスをして、そのまま押し倒されて、挿入される——そんなセックスばかりだった。

　だから、なんだか今の夏美の姿に羨ましさのようなものを感じてしまう。

　いったい、どれほど気持ちがいいのだろうか。

　そんなことを考えると、なんだかどうしようもないほどに自分の身体が熱くなってくるのを感じた。特に下腹部がジンジンと疼きはじめる。

（やだ……これ、濡れちゃってる……）

　自分の秘部から愛液が溢れ出し、下着に染みこんでいくのがわかった。

　そんな鈴菜や、自身の妻に見せつけるように、祐馬はより激しく秘部を啜《すす》る。しかも、ただ舐めるだけでは終わらない。愛撫によって勃起しはじめたクリトリスを口唇で挟みこんだかと思うと、激しくジュルジュルと吸引した。

「あ……それ……んんん！　やっ、こんな……我慢できない。ダメ、あたし……あっあっ、それ……それ……んんん！　い、イクっ。あは……イクっ。イクぅううっ」

それがよほど心地よかったのか、夏美は絶頂に至る。マットを指でギュッとつかみつつ、足をピンッと伸ばし、全身をまるで電気でも流されたかのように震わせた。表情も蕩けていく。開いたままの口から漏れる「はぁあああ……」という声は、これまで以上に愉悦の色に塗れていた。

（イッた……今、イッた？　これが……イク？）

絶頂なんて見るのは初めてだ。思わずマジマジ見つめてしまう。

（すごく……気持ちよさそう……）

絶頂したこと自体はある。ただし、それは自慰でのことだ。自分で自分を慰めたときにしただけだ。来栖とのセックスでイッたことはない。他者によって導かれる絶頂は、鈴菜にとっては未知のことだった。

いったい、どれだけ気持ちがいいのだろうか——などということを考えながら、ただ呆然と、絶頂によってぐったりした夏美を見つめる。

そんな鈴菜の目の前で、祐馬が秘部から唇を離した。そのうえで身を起こすと、勃起した肉棒の先端部を、絶頂の余韻に浸る夏美の膣口にグチュリッと密着させた。

「あつっ、えっ……えっ!?」

夏美が正気に戻る。驚きの表情を祐馬へと向けた。

「もう、我慢できない。だから……行くよ」

興奮しきった表情で、祐馬が告げる。

「ちょっ、ま、待って！」

夏美が慌てて止めた。だが、祐馬の耳には届かない。

祐馬は改めて妻を見ると「ごめん……」と再び謝罪するとともに、腰を突き出した。

「んっは……あっあっ……はぁあああああっ！」

夏美の目が見開かれる。それとともにメリメリと、膣口が拡張されていった。そのまま一気に根元まで、肉棒が突きたてられる。

「あっぎ……ふぎいいいっ」

夏美の口から苦痛を感じさせる悲鳴が漏れた。結合部からは破瓜の血が溢れ出す。

その光景に、来栖と初めてしたときの苦痛を思い出した。あのとき感じた、身体を引き裂かれるような痛み——きっと夏美も、アレを感じていることだろう。

実際、挿入だけでは足りないというように、祐馬が腰を振りはじめると、すぐさま

夏美は、

「い、痛いっ。それ……痛いっ。あっぐ……ふぐっ、んぐううっ」

と苦しみはじめた。

やっぱり初めてはつらいだけなのかもしれない——と思ったのだけれど、

「え？」

すぐに状況は変わった。

「あっん！　はふんん！　あっ、なに、これ……あっあっ……んっひ！　はひんん！　あぁぁあ……んひんんっ！」

祐馬の腰の動きはただ激しいだけではなかった。ときには速く、ときにはゆっくりと、ときには気遣うように——そんな動きだ。ただ自分の欲望のままにピストンをする来栖とはまるで違う。そのおかげなのか、夏美が漏らす声に含まれていた苦痛の響きは、あっという間に薄れていった。代わりに漏れ出したのは、先ほど愛撫されたときと同じような愉悦の声だ。

「どういうこと……最初は……痛かったのに……どうして……これ、あたし……初めてなのに……あっあっ、痛みが……消えて……んんん！　はっふ……んひんん！　気持ち……いいいっ」

実際、夏美自身も愉悦を認める。

（なんで……初めてなのにどうして？）

夏美の疑問は、鈴菜の疑問でもあった。

自分が初めてのときは痛いだけだった。というか、今でも来栖とするときは痛みを感じる。それなのに、どうして夏美は初めてなのに気持ちよさそうなのだろうか。

「しっかり愛撫をすれば、初めてでも感じることはできるのですよ。よかったですね、夏美さん。初めてが祐馬さんのようにうまいお方で」

疑問に答えるように、果南がそう口にした。

（うまい人だと、初めてでも……）

なんだか羨ましさを感じてしまう。

そんな鈴菜に見せつけるように、祐馬はさらに激しく腰を振りはじめた。

「あっあっ！　当たる！　んんん！　こっれ、すごい！　んっひ！　はひんんっ」

腰の動きに比例するように、夏美の口から漏れる喘ぎ声に、さらに熱がこもってくる。そうした姿に「はぁはぁ」と、鈴菜はより息を荒いものに変えていった。

それは詩音や──。

「あなた……ふうう……あなたぁ……」

唯も同様だった。

特に唯の興奮は激しそうだ。

ただ太股同士を擦り合わせるだけでは満足できないと言うように、自分の股間部に手を当てながら、わずかだけれど腰まで振っているように見えた。

「唯……あああ……唯……すまない……」

そんな妻の姿に気づきつつも、祐馬は腰を止めない。それどころか、さらにピストンとグラインドを大きなものに変えていく。

「激しい！　いちばん奥まで届く！　あっあっ、これ、いい！　初めてなのに気持ちよすぎる！　あたし……感じすぎる！　感じすぎて……あたし……あたしぃいい！」

それがよほど心地よかったのか、夏美は再び絶頂を訴えた。

「ぐ……こっちも……」

祐馬も射精が近いらしく、腰を引こうとする。どうやら秘部からペニスを引き抜くつもりらしい。

「ダメですよ。そのまま中に射精してください」

けれど、果南がそれを止めた。

「いや、だが……中は……」

「唯さんの……奥様の前で別の女に中出しする……とても気持ちがいいですよ。興奮しますよ。だから……ね」

耳もとで、悪魔のように囁く。

「うあ……あああ……うぁあああ！」

その囁きにあと押しされるように、祐馬はより腰の動きを大きく、激しいものに変えた。向けられる妻の視線に、どうしようもないほど興奮しているらしい。

「さぁ、射精してください。たくさん……ドクドクと……」

「く、くぉおおおっ！」

獣のような声を祐馬はあげた。

同時に、ドジュンッとこれまで以上に膣奥深くにまで肉棒をたたきつける。

「はひいいっ！」

強烈な一撃に、夏美が腰を浮かせて背すじを反らした。プルンッと乳房が震え、汗が飛び散る。

それとともに祐馬は一度身体を震わせると、夏美の膣奥に向かって射精を開始した。

「あっあっ、熱い！　こっれ……イクっ。また……んんん！　イクっ。ああ……いいっ、気持ち……いいいっ、あっあっ——あはぁああ！」

シンクロするように、夏美も絶頂に至る。だらしなさを感じさせるほどに表情を蕩かせながら、歓喜の悲鳴を響きわたらせた。

（イッてる……二人で……中に出してる……なんか……すごい……）

「はっふ……はぁあああ……」

そんな光景に、なにもしていないというのに鈴菜も、軽くだけれど、絶頂にも近い感覚を起こし、うっとりとした熱のこもった吐息を漏らしてしまう。

「ふふ」

すると、笑い声が聞こえた。

見ると、果南がこちらへと視線を向けている。どうやら今の姿を見られてしまったらしい。羞恥がわいてきて、思わず彼女から目を逸《そ》らし、改めて祐馬たちへと顔を向ける。

射精を終えた祐馬は何度も肩で息をしたあと、ジュボンッと肉棒を引き抜いた。とたんに、ぱっくり開いたままの夏美の膣口から、注ぎこまれた精液がゴポリゴポリと溢れ出す。はっきり中出しされたことがわかる光景に思わず息を呑んでしまった。

「これ……よかった……セックス……やっぱり……思ってたとおり……ううん……それ以上に……はぁああ……気持ち、よかったぁああ……これ、ここに来て……してよかった……」

自分の秘部から溢れ出す白濁液を見つめながら、うっとりと夏美は呟く。ずっと我慢しつづけていたセックスができたことに対し、心から歓喜しているように見える姿だった。羨ましささえ感じてしまう姿だ。

「でも……中になんて……」

思わず呟いてしまう。

「大丈夫ですよ。薬は私のほうで用意してありますから」

果南が囁いた。

「それよりも大事なのはここからです」

「ここから……」

まだなにかあるのだろうか——などと疑問を抱いていると、

「あなた……私……」

射精を終えたばかりの祐馬に、唯が声をかけた。

いや、ただ声をかけただけではない。唯は自身の服に手をかけると、それを下着ごと脱ぎ捨て、祐馬や夏美と同じく生まれたままの姿をさらした。

Eカップほどはありそうな乳房が、鈴菜の目に飛びこんでくる。少し胸は垂れていて、お腹まわりにも肉がついている。秘部を隠す陰毛も処理をしていないらしく濃い。清楚な奥様という身なりとは少しギャップを感じさせる、年相応になんだかだらしがない身体つきだった。

けれど、それがとても生々しさを感じさせる。だらしないけれど、そこが美しく、見るものに女を感じさせた。

秘裂はすでに左右に開いている。のぞき見える少し黒ずみはじめた肉襞は、愛液でグチョグチョに濡れそぼっていた。いや、襞だけではすまない。溢れ出した女汁は、太股まで濡らしている。

欲しい。夫のペニスが欲しい——そう訴えるように、膣口がパクッパクッと呼吸するように開いたり閉じたりしていた。

「……唯っ」

イヤらしい妻の姿に、祐馬は鼻息を荒くする。先ほど射精したばかりとは思えないほどにガチガチにペニスを硬くしたかと思うと、妻の身体を壁に押しつけた。そのまま立ちバックの体勢で、秘部に肉棒を密着させると、躊躇することなく根元までグジュリッと挿入した。

「ああっ、来たっ。あっあっ、あなたのおち×ぽ……入ってきたぁ」

とたんに、唯の表情が愉悦に歪む。口からは快感の嬌声《きょうせい》が漏れた。

「唯！　おおお！　唯っ」

もちろん挿入だけでは終わらない。すぐさま、祐馬は腰を振りはじめる。パンパンパンッという腰と尻がぶつかり合う音色が響くほどに、激しい抽挿が始まった。

「い……いいっ。これ……すごくいいっ。あなたのおち×ぽ……いつもより……あっあっ、大きい！　これ、届く！　私の……んんん！　いちばん気持ちがいいところまで、あなたのおち×ぽ……届いてるぅ！」

突きこみに合わせて唯が泣く。本当に心地よさそうに、心からの快感を訴えていることがよくわかった。

「なんで……あんなに？」

二人は尋常でないほど興奮しているように見える。

祐馬の勢いは、先ほど夏美としていたときとは比べものにならないほどだ。突き殺そうとしているのではないかとさえ思ってしまうような勢いで、腰をたたきつけている。先ほどのセックスの疲労なんかいっさい残っていないようだ。

「お二人が抱えていたマンネリが解消されたからですよ」

「マンネリ……解消？」

果南の言葉に首を傾げる。

「お二人は夫婦です。長い年月ずっといっしょにいた。そのぶん、当然セックスだってしていたはずです。愛し合ってる二人なのだから当然ですね。しかし、そうしていつもいっしょにいて、何度もセックスを繰り返していると、それが普通になってきてしまうのです。セックスも日常になると言うべきですかね」

その結果、セックスに対する興奮が薄れていくのだと果南は語った。

「だから、思い出させてあげたのです。セックスとはこんなにも興奮するものなのだということを……」

「それが、さっきの夏美さんとの？」

「そうです。好きなお相手が、愛している夫が、別の相手と身体を重ねている。妻である唯さんにはとてもつらいことだったでしょう。でも、同時に自分だって――とも間違いなく思ったはずです。自分が妻なのだ。自分こそが夫のセックスパートナーなのだ――と。そうした想いが興奮に繋がる。忘れていたセックスを、覚えたての頃の興奮を思い出させてくれる」

それが今の二人に繋がっているらしい。

（でも、そんなに興奮した？）

来栖との初めてのセックスを思い出す。

ただ痛くて、つらいだけだった。

そしてそのあとのセックスでも、快感を得ることはできていない。だから、鈴菜にはセックスがいいという気持ちがわからない。

しかし、今の犀川夫婦は本当に気持ちがよさそうだ。

「もっと……もっと突いて！　もっと奥！　私のすべてにあなたを刻みこんで！」

喘ぎつつ、唯は祐馬の動きに合わせて自分からも腰を振る。互いを求め合うように、夫婦は性器と性器をぶつけ合っていた。本当にセックスを楽しんでいるように見える姿である。

（気持ちよさを感じることができれば……あんなふうになれるかしら。私も……最初のセックスが夏美さんみたいだったら……）

処女だったのに、夏美は達するほどに感じた。

それほどの快感を自分が得ることができていれば、セックスを楽しめることができるようになり、来栖を満足させることだってできたのかもしれない。

そう考えると、ぐったりしたまま横になっている夏美がとても羨ましく思えた。

（気持ちいいセックス……私もしてみたい……）

などという想いがふくれあがる。

そのためにはいろいろ学ぶ必要がある。だから、夫婦のセックスをこれまで以上に真剣な瞳で見つめた。

「祐馬さん、唯さん……わかってますか。みんな、見ていますよ」

果南がその事実を二人に伝える。

「ああ、やっ、は、恥ずかしい！　見ないで……やぁああ」

とたんに状況を思い出したのか、唯が恥ずかしがりはじめた。

ただ、見ないでと口にしつつも、自身の腰の動きを止めたりはしない。それどころか、よりグラインドを大きなものに変えていく。膣口を収縮させて、挿しこまれた夫の肉槍を、ギュウウッと強く締めつける。

「おおお！　いい、唯……これ……こんなの……すぐ、すぐに出ちゃいそうだ」

よほど心地よいのか、祐馬が限界を訴えた。

「いいわ……出して！　私の……んふうう！　私の中にもあなたの熱い精液……ドクドク射精して！　私の子宮をあなたで満たして！　お願い！　あなたのすべてを私にちょうだい！」

「ああ、もちろん……もちろんだ！」

射精に向かって、ひと突きごとにピストン速度を上げていく。激しい突きこみによって、唯の白い尻が赤く染まっていった。同時に膣奥を突かれるたび結合部からは、まるで失禁でもしているかのように、ビュッビュッと愛液が溢れ出す。

(気持ちよさそう……本当にセックス……よさそう……)

二人の動きに合わせるように、ジンジンという疼きを下腹部に感じながら、鈴菜も腰をくねらせた。

「唯……愛してる!」

「私もっ!」

そのまま、二人は繋がり合ったままキスをする。

「んっじゅ! むじゅうっ、んっちゅる……んちゅるぅ」

互いの口腔を貪り合うような、濃厚な口づけだ。結合部だけではない。全身がひとつに繋がり、溶け合っているかのようにさえ見える光景だ。

そして——。

「おおおお!」

祐馬が射精を開始する。夏美の膣内に撃ち放ったときよりもせつなげな、心地よさそうな表情を浮かべながら、全身を震わせ、妻の子宮に熱汁を注ぎこんだ。

「あああ……熱いの……来てる！　いつもより……すごい！　いいいっ。あなた……いいっ。よくて……気持ちよくて……私、わた……しもぉお！」

ひろがる熱汁が快感に変換される。

「い……イクっ。あっあっあっ、イクっ。あなたといっしょに……イクっ！　んっはぁ……あふぁああ！　あっあっ……んぁあああぁ！」

祐馬とシンクロするように、唯も絶頂に至った。

ガクガクと激しく身体を痙攣《けいれん》させながら、これまで以上に多量の愛液を秘部から噴出させる。

白い肌をピンク色に染め、全身を汗で濡らし、濃厚な発情臭を室内中に発しながら——。

「いい……愛してる！　あなた……愛してるぅう！　んっは……あふぁあああ……あっあっあっ……んぁあああぁ」

ひたすら唯は、肉悦に溺れつづけた。

そのまま夫婦は二人そろって、立っていることもできないといったように、肩で息をしながら床にへたりこむ。

そんな状態で、二人は唇を寄せると——。

「はっちゅ……んちゅううう……」

改めて、口づけを交わした。鈴菜たちの視線なんてまるで気にすることなく、想いのままに舌と舌をからみつかせる。

射精を終えて絶頂もした。しかし、まだセックスを続けているようにさえ見えるほど濃厚な口づけだった。

「お二人はずっとセックスに満足できなかった。でも、それをどうすれば解消できるかがわからなかった。セックスのことです。誰にも相談だってできなかったのでしょう。だから、我慢しつづけていた。でも……」

「すごく……気持ちよさそう……」

二人の姿を見つめながら語る果南に続くように、詩音がポツリッと呟いた。

「はい、きっとお二人は最高の快感を得ることができたはずです。我慢せず、自分の気持ちに素直になれたから……このように……私はあなたたちの性のお悩みを解消させていただきます。そして次は、詩音さん……あなたの番ですよ」

そんな詩音に、果南がやさしい笑みを浮かべてみせた。

第三章　街頭肉棒講習

1

「えっと……それで、ここに来て、なにをするんですか？」

雑居ビルを出て、駅前の繁華街へとやってきた。メンバーは鈴菜、詩音、そして果南の三人である。処女を捨てたかった夏美や、マンネリを解消したかった犀川夫婦は、すでに問題が解決しているのでついてきてはいない。

「今回の目的は詩音さんのお相手を見つけることです。詩音さんが好きなお相手を忘れられるような、そして鈴菜さんの勉強になるような、セックスのうまい殿方を見つけます」

鈴菜の問いに、街を歩く人々を見まわしながら、果南が答えた。

「セックスがうまい人って……そんなのどうやって探すのですか」

詩音が首を傾げた。その疑問は当然だろう。

「大丈夫……そういうのは得意ですから」

果南は自信ありげに笑った。

「そうですか……」

答えを聞いた詩音が軽く俯く。表情はどことなく強張っているように見える。

「緊張していますか。それとも怖いのですか？」

「それは……そうですよ。当然です」

詩音は素直に頷いた。

当然と言えば当然の反応だろう。鈴菜だって緊張しているし、怖い。

「ふふ、そんなに硬くなる必要はないですよ。大丈夫、私がしっかりお相手を見つくろってあげますからね……では……」

そう言うと、果南は繁華街を見つめつつ、なにかを考えるような表情を浮かべたかと思うと——。

「あの人がよさそうですね」

一人の男性に目をつけた。

年は二十代前半といった感じに見える。髪の色は茶色。身に着けているのはタンクトップだ。剝き出しになっている腕はかなり太めである。ぱっと見、いわゆるチャラ男に見える男だ。

「え……あの人ですか？」

詩音が少し不満そうな表情を浮かべる。

「好みのタイプではありませんか。まぁ……確かにそうでしょうね。あなたが好きなのは、ひとまわりも年下の男性……つまり、もっと無邪気な感じが詩音さんのタイプということなのでしょう。ですが、だからこそ、私はあの男性を選びました」

「どういうことですか」

「まったく別なタイプの男性に満足させてもらえれば、好きな子への想いだって断ちきれる――ということですよ」

「なるほど……」

わかるようなわからないような理屈に戸惑いつつも、詩音は頷く。

「まぁ、実際してみればわかることです。というわけで、少し待っていてください」

言いおくと、果南は男性へと近づいていき、ためらうことなく声をかけた。そのまま、男性となにやら会話を始める。ときどき、こちらを見ながらの会話だ。

なにを言っているのかわからないけれど、果南の言葉に男性は驚いたような表情を浮かべる。そのうえで、どこか好色そうに口もとをゆるめた。ジロジロこちらを見つめている。品定めするような目だ。獲物を物色する獣のような視線と言っても過言ではないかもしれない。正直、怖い。逃げ出したくもなる。

詩音も同じ気持ちなのか、表情を硬くし、強く手を握りこんでいた。

そんな鈴菜たちのもとへと、果南が男とともに戻ってくる。

「お待たせしました。こちらの方は――」

「轟《とどろき》琢郎《たくろう》ッス。よろしく」

見た目どおり、話し方も軽い男だ。こういう男は好きではない。詩音とともに警戒の視線を琢郎へと向ける。

「あれ、もしかして歓迎されてない？　その……果南ちゃん、大丈夫、これ？」

男は少し困ったような表情を浮かべた。

「大丈夫です。緊張しているだけですからね。ですから、気にせず行きましょう」

「まぁ、果南ちゃんがそう言ってくれるなら、それでいいけどさ」

ヘラヘラと男は笑う。どこまでも軽い感じだ。

「えっと……行くって……どこへですか？」

「もちろん、ホテルですよ」

果南の言葉にはやはり、いっさいの躊躇がなかった。

そんな果南に連れられるがままに、女三人、男一人でホテルに入る。

「いやあ、まさかこんなにかわいくてきれいな子たちとこんな所に来れるなんて思ってもいなかったよ。マジラッキー」

言いながら、男はギシッとベッドに腰を下ろした。

それに対し、鈴菜と詩音は、部屋の隅で二人で固まるというようなかたちになる。

琢郎のようにヘラヘラ笑うことなんかできない。緊張は先ほどまで以上になっていた。

「そう言ってもらえるのは女として光栄です」

だが、果南は初対面のときとまるで変わらない。初めて会った男を前にしても、まるで動じている様子はなかった。

「さて、それでは……すぐに始めましょうか。時間というのは有限ですからね。というわけで……詩音さん、さっそく琢郎さんとセックスしていただいてもいいですか」

「え……私ですか……」

ビクンッと、詩音が身体を震わせる。

「詩音さんのお相手を見つけるのが目的ですからね」

「そうそう。そういう話、聞いたよ。えっと……詩音ちゃんでいいんだっけ。恋人を探してるんでしょ。しかもセックスがうまい相手……だったらマジで俺はオススメだよ。ホントうまいからさ。それにこれでけっこう俺って一途《いちず》だから、恋人できたらマジ大切にするし」

ペラペラと、よく口がまわる男である。言葉どおり大切にしてくれるとは、とてもではないけれど、鈴菜には思えない。

詩音も同じような感想を抱いているのか、身を固くしたままだ。

「んう、なんか緊張しちゃってるみたいだなぁ」

「そうですね……では、ふむ……」

果南は詩音が見せる態度にどうすべきかなにやら考えこむような表情を浮かべたかと思うと——。

「では、琢郎さんがどれだけセックスがうまいのかを、まずは詩音さんに見てもらうことにしましょう。鈴菜さんにもセックスの勉強をしてもらわなければなりませんからね」

などと、口にした。

「俺のセックスを見てもらうって……どうやって？」

「簡単なことです。私としてください」

にっこりと、果南は琢郎に対して笑みを向けた。

「マジで……いいの!?」

「はい。貴重なお時間をいただいているお礼でもあります。琢郎さんの好きなように、私を抱いてください」

などと言うと、果南は躊躇することなく琢郎へと顔を寄せ「んっ」とキスをした。

しかも、それは一回だけではない。二度、三度、四度と啄《ついば》むような口づけを繰り返す。そのうえで舌を伸ばすと、そうすることが当然だとでも言うように、琢郎の口内に自身の舌を挿しこんだ。

「はっちゅ……んちゅっ……むっちゅ……はちゅう」

そのまま舌を蠢かし、琢郎の口腔をかき混ぜはじめる。

唐突と言ってもいい、濃厚な口づけだ。さすがの琢郎も、一瞬驚いたように目を見開く。だが、それは本当にわずかなことであり、すぐに慣れた感じで自分からも舌に舌をからめはじめた。口唇同士を強く押しつけ合う。グチュグチュという音色を室内に響きわたらせる。唇と唇の間から唾液が溢れ出し、こぼれ落ちるほど深い口づけだった。

いきなり始まったキス——鈴菜にできることは呆然と見つめることしかない。ただ、二人のキスに視線を釘づけにする。

すると、そんな鈴菜に見せつけるかのように、果南はキスを続けつつ琢郎のズボンへと手を伸ばすと、器用な動きでそれをあっさりと脱がせた。琢郎の下着——ボクサーパンツが露になる。その股間部は、キスをしているだけだというのに、すでにガチガチにふくれていた。

まだ下着に隠されているので、どんな形をしているのかとか、どれくらいの大きさなのかとかはわからない。ただ、それでも来栖のものより大きいことくらいはすぐに理解できた。

(祐馬さんのも来栖君のより大きかった……あれが特別なのかと思ったけど、もしかして……来栖君のが小さいのかな?)

そのようなことを考えてしまうようなサイズ差だ。

キスに合わせて肉棒はどんどん大きくなっていく。

果南はそんなペニスに、下着の上からだけれど、指を這わせた。

とたんに琢郎は全身とペニスを、電気でも流されたかのようにビクッと震わせる。

指で少し触れただけなのに、ずいぶん気持ちがよさそうだ。

琢郎が見せるそのような反応を果南はキスを続けながら観察しつつ、ペニスに這わせた指を動かしはじめた。ゆっくりと、肉茎部分から亀頭までを細指でなぞりあげていく。特に亀頭部分を重点的に、フェザータッチで刺激した。

「くううう」

キスを続ける琢郎が、声を漏らす。快感まじりの吐息だ。

すると、下着の亀頭部分に染みのようなものができた。先走り汁が溢れ出したらしい。果南の指にも汁がまつわりつく。だが気にすることなく、果南は肉棒を撫でつづけた。結果、グッチュグッチュという音色が響きはじめる。とてもイヤらしい音だ。耳にしているだけで、ビルでセックスを見せつけられたときのように、鈴菜の身体は火照りはじめた。下腹部が疼いてしまう。

「はっちゅ……んふうう……ふふ、ここ、ガチガチですね。私のキス……気に入ってもらえたようでなによりです」

重なっていた唇が離れた。口唇と口唇の間に唾液の糸を伸ばしつつ、果南は笑顔で琢郎に囁きかける。

「マジで最高だよ。果南ちゃん……まじめそうな顔してエロいんだね」

「ふふ……女はみんなイヤらしいものです。それをもっと教えてあげますね」

そう言うと、果南は自身の身に着けていたスーツを脱ぎ捨てた。赤い下着が剝き出しになる。大きくふくらんだ胸もとに、引きしまった腰まわり、ふくれあがった尻——服の上からでもわかっていたけれど、本当にグラビアモデルのような身体つきだ。

「マジ……エロすぎ」

ゴクッと、琢郎が息を呑んだ。

その気持ちは正直、鈴菜にもわかってしまう。同性から見ても、果南の身体はとてつもなく淫靡なものに見えた。

琢郎のそんな反応に、うれしそうに果南は目を細めつつ、剝き出しになっているボクサーパンツに手をかけると、これを脱がせた。ビョンッと、肉槍が露になる。祐馬のものより多少小さい。しかし、来栖のものよりは、ひとまわりは大きく見える肉棒だった。

包皮は剝けている。剝き出しになった赤黒い亀頭部は、先走り汁ですでにグチョグチョに濡れていた。ヒクンッヒクンッと震えるように蠢いている。

「逞しいおち×ちんですね」

「まぁ、けっこう自信はあるからね。果南ちゃん……こういうち×ぽ、好き？」

「はい……好きですよ」

ためらうことなく、果南は頷くとともに――。

「んっちゅ……ちゅううっ」

琢郎の股間部に顔を寄せ、肉棒にキスをした。

「おおっ！」

身体と肉棒をビクッと震わせ、琢郎は歓喜の吐息を漏らす。

「気持ちよさそうですね。でも、本番はここからです……鈴菜さん、詩音さん、お二人もよく見ていてくださいね」

性行為を見られるということに羞恥はないらしい。これまでと変わらぬ様子のまま、改めて果南は「はっちゅ……ちゅっちゅっ……んっちゅう」と、肉棒にまたしても口づけした。

「恋人とキスをするときのようにするのが大切です。ちゅっく……んちゅうう……もちろん、キスだけではダメです。大事な人を、愛する人を、気持ちよくしてあげたい……そんな気持ちで……んれっろ……ちゅれろぉ……ふっちゅろ……んれろぉ……こうやって、舐めてあげたりもね」

語りつつ丹念に、肉槍に愛撫を重ねていく。

口づけするだけではなく、舌を伸ばし、裏スジを舐めあげたり、カリ首をくすぐるように刺激したりした。ときには陰嚢を指で転がすというようなことだってする。そうした濃厚と言っても過言ではない愛撫に反応するように、肉棒の先端からどんどん汁が溢れ出した。

ヌルついた半透明の男汁――果南はそれを躊躇なく舌で搦《から》め捕ると、喉を上下させて嚥下《えんか》した。そのうえで小さな口を大きく開き、肉棒を咥えこんでいく。

「んっじゅ……もっもっ……んもぉおおっ……」

アゴがはずれてしまうのではないかと思うほどに、果南の口は大きく開かれた。一見苦しそうにさえ見えてしまうほどだ。だが、果南の行為は止まらない。口唇でキュッと肉茎を挟みこんだかと思うと――。

「んっじゅぽ……ちゅずぼぉ……じゅっぽ……じゅぽっじゅぽっじゅぽっじゅぽっじゅぽぉおお……」

頭を上下に振り、口腔全体を使って肉棒を刺激しはじめた。

ビルで見た夏美のぎこちない口淫とはまるで違う。どこをどうすれば、どのようにしごきあげれば男が感じるのかを知りつくしているかのような口唇奉仕だ。

「やっべぇ、うますぎる。こんなうまい子、初めてかも」

「んふふ……そんなにいいですか？」

ジュボンッといったん肉棒を口から引き抜くと、だらしなく蕩けきった表情を浮かべる琢郎を果南が上目遣いで見つめた。

「ああ、マジでいい。すぐ出そうなくらいだよ」

「そう言ってもらえると、私もがんばったかいがあります。でも、セックスは……一人だけが気持ちよくなるものじゃありませんよね？」

「ん……ああ……もちろんだ」

果南が言いたいことを理解したらしく、琢郎は頷くと、上半身を倒してベッドに寝転がった。すると果南は、そんな琢郎の顔の上に跨《また》がるような体勢となる。股間は琢郎の顔、自分の顔は琢郎の股間——といったかたちだ。

（あ……これ……確か、シックスナインとかって……）

いちおう、それくらいの知識は鈴菜だって持っている。

「セックスは二人がいっしょに気持ちよくなることが大事なのです。よく見ていてくださいね……はっちゅ……んちゅううっ」

改めて、果南は肉棒にキスをしたうえで口を開き、巨棒を咥えこんでいった。

合わせるように琢郎も、果南のショーツを横にずらした。果南の秘部が剝き出しになる。少し濃い陰毛――そこからのぞき見える割れ目は、ぱっくり左右に開いていた。露になった肉襞はきれいなピンク色をしている。表面はしっとりと濡れていた。呼吸するようにヒダヒダがゆっくりと蠢いている。そんな有様に興奮した様子で琢郎は鼻息を荒くしつつ、秘部にキスをした。もちろん口づけだけではない。舌も伸ばし、柔肉に這わせる。そのままねっとりとした動きで肉花弁を舐めはじめた。

「はっふ……んっ、あっ……んふううっ」

襞の一枚一枚をなぞるような、丁寧な愛撫である。果南は尻を震わせるとともに、肉棒を咥えたまま甘みを含んだ吐息を漏らした。ジュワアッと秘部から溢れ出す蜜の量も一気に増える。同時に、クリトリスも勃起を始めた。

琢郎は当然、陰核にも刺激を加える。秘部を舐めまわしつつ、指でクリトリスを摘まむと、転がすように愛撫したり、ときにはシコシコしごくように刺激を加えたりした。女を感じさせることだけを考えた愛撫である。セックスに慣れていない鈴菜にもすぐにそれが理解できるほどに、琢郎の行為は丁寧なものだった。

(祐馬さんのセックスを見たときも思ったけど……やっぱり来栖君とは全然違う)

来栖から愛撫をしてもらった記憶などほとんどない。

(あんなふうにしてもらったら……)

もしかしたら、自分だって感じることができるかもしれない。

「んはぁああ……はぁっはぁっはぁっ……いい、すごくいいですよ。あっは……あっふ……んふううっ」

気持ちよさそうに喘ぐ果南の姿に、なんだか羨ましさを感じてしまった。

「その顔……セックスとはどうすべきかということが……はぁはぁはぁ……わかってきましたか？」

熱のこもった息を吐きつつ、果南が見つめている。

「いや、その……それは……」

どう答えるべきかわからず、言葉につまってしまった。

「ふふ……どうやら、まだまだ勉強が必要そうですね。かまいませんよ。しっかり、私と琢郎さんのセックスを見て、勉強してくださいね」

そう言うと、果南は潤んだ瞳で琢郎を見た。

「琢郎さん……」

ただ名前だけを呼ぶ。

「ああ、いいよ。俺ももう……我慢できそうにないからさ」

別になにを口にしたわけでもないというのに、琢郎は果南が言いたいことを理解したらしい。

「それでは……」

果南はゆっくりと立ちあがると、今度は琢郎の股間部に跨がるような体勢となった。手を伸ばし、肉棒の位置を調整する。

「ナマでいいの？」

「はい。薬はありますから」

「そっか……果南ちゃん、マジでイイ女だな」

「ありがとうございます」

礼を口にするとともに、果南は腰を落とし、肉先に自身の膣口をグチュリッと密着させ、そのまま——。

「あっあっ……はぁあああああ」

躊躇なく肉棒を蜜壺で咥えこんだ。一気に根元までペニスを挿入する。

「んはぁああ……入ってきました。私の奥まで琢郎さんのモノが……んんんっ……いいですよ。気持ちいいところに当たってます。すごく感じますよ……あっあっ……んんふうう……琢郎さんは……いかがですか。私のおま×こで……感じていますか」

果南の表情がせつなげに歪む。わずかに開いた唇から漏れる吐息に含まれる愉悦の色も、より濃いものに変わった。

「ああ、感じてる。めちゃくちゃ気持ちいいよ」

「それはよかったです」

「……はぁああ、マジ最高……ねぇ、果南ちゃん」

心地よさそうな表情を浮かべつつ、琢郎はなにかを求めるように果南を見つめる。

してほしいことを具体的には口にしない。

だが、先ほどの琢郎同様、果南も彼がなにを求めているのかを理解しているようだ。

静かに頷くとともに——。

「んっちゅ……んっんっ……んふぅうう」

改めて琢郎の唇に自身の唇を重ねた。

そのうえで、果南のほうから腰を振りはじめる。パチュンッパチュンッという音色が響くくらいの勢いで、自身の尻を琢郎の腰にたたきつけた。

動きに合わせてベッドが軋む。ギシッギシッという音色とシンクロするように、重なり合った唇と唇の間から「んっふ……はふんんっ、んっんっんっ……んっは……はふぁあああ」という愉悦の色が混ざった吐息が漏れ響いた。

そんな果南のグラインドに合わせるように、琢郎も突きあげるように腰を振りはじめる。性器と性器を打ちつけ合うような動きだ。

ただ、そこまで激しさはない。ゆったりと、互いの身体を気遣っている。己の本能のままに、こちらのことなどまるで気にしないで腰を振りたくってくる来栖とはまるで違う。

そのおかげなのだろうか。突きこみに比例するように、結合部から溢れ出す愛液の量が増えている。ズッチュズッチュという淫猥な水音も大きくなっていた。

そうした音色に合わせるように、二人の動きは激しさを増していく。

「ゴリゴリ……んんん！　中を削るみたいなおち×ちん……すごく、いいです。これ……あっあっ……声、抑えられそうにありません」

「俺も……ふううう……果南ちゃんの中でめちゃくちゃ感じてる。ギュッギュッて締めつけが最高だよ。こんなの……すぐに出ちゃいそうなくらいだ」

「そうですか……でも……」

「わかってる。俺だけ気持ちよくはならないさ。イクときはいっしょだよ」

琢郎の手が、グラインドに合わせて揺れ動く果南の乳房に伸びた。大きなFカップに男の指が食いこむ。もちろん、触れるだけではない。すぐさま琢郎は柔らかく、それでいて張りのある胸をこねくりまわすように揉みはじめた。大きな乳房の形があっさりと変えられる。

「んんっ、はっ、んっは……それ、それいいです」

果南の嬌声がより甘い響きに変わった。

琢郎は自分の上で悶《もだ》える果南をうれしそうに見つめつつ、指で勃起した乳首を摘まみ、引っぱったり押しこんだりする。それに加えて腰の動きも変化させていった。ただ突きあげるだけではなく、まるで円を描くように腰をくねらせたりもする。果南の蜜壺すべてに、自身の肉棒を刻みこもうとするかのような動きだ。

「あっあっ、い……いいです。感じます！　琢郎さん……すごく私……感じて……これ……あっん……くんん！　い、イキます。琢郎さんのおち×ちんでイッてしまいます」

よほど心地よかったのか、ついには限界を訴えはじめる。

「ああ、イケばいい。俺もイク！　果南ちゃんの、中に出す！　だから……いっしょに！」

「はいっ、はいっ！」

二人のピストンがより大きく、激しいものに変わっていった。

ベッドの軋みが大きくなる。跳ねあがるように果南のしなやかな身体が上下に揺さぶられる。それに合わせて「あっあっあっあっあっ」と、嬌声もより大きなものに変わっていく。

（これが……セックス……）

祐馬たちの行為を見たときも思ったけれど、自分と来栖がしてきたものとはまるで違う。本当に気持ちがよさそうだ。

「さぁ、出して……」

「お、おおおおっ！」

果南に求められるがままに琢郎が吠えた。彼の全身が震える。膣奥に向かって射精を始めたらしい。

「あああ……来た。来ました！　んっく……あはぁああ……い、イクッ！　あっあっ……中……熱いのでいっぱいにされて……イキます！　イクイク——あっあっ……んぁあああ」

合わせるように、果南も達した。

琢郎の上で背すじを反らし、首もとを剝き出しにしながら、全身を打ち震わせて愉悦の喘ぎを響かせる。

膣口は傍から見ていてもわかるほどに引きしまっていた。最後の一滴まで精液を搾り取ろうとしているかのようだ。

（……いいなぁ……）

心から心地よさそうな果南たちの姿に、鈴菜は羨ましさを感じざるをえなかった。

「はふぅぅう……よかったですよ」

「俺もだよ」

やがて二人はくったりと肩から力を抜くと――。

「んっちゅ……ふちゅぅう」

繋がり合ったまま、改めてキスをするのだった。

そして、長い口づけのあと、果南はゆっくりと立ちあがった。

ジュボッと、挿しこまれていたペニスが引き抜かれる。とたんに、注ぎこまれた白濁液が、糸を引きながらポタポタと膣口からこぼれ落ちた。

「たくさん出ましたね……こんな量、注がれたのは久しぶりです」

「まぁ、自信あるからね」

琢郎は得意げだ。

果南はそうした反応をクスクス笑いつつ、先ほどまで自分の膣に入っていた肉棒へと視線を向けた。つられるように、鈴菜も肉棒を見る。

射精を終えたばかりの肉棒は、半勃ち状態となっていた。その全体が愛液や精液で濡れている。すぐにでも拭かなければベトベトになってしまいそうな有様だ。

「お掃除しないといけませんね」

鈴菜と同じようなことを果南も考えたらしい。

「えっ……もしかして……してくれる？」

琢郎がなにかを期待するような表情を浮かべた。

「もちろんです。お掃除まで含めてセックスですからね。ただし……するのは私じゃありません」

「えっ……じゃあ……誰？」

琢郎の視線が鈴菜と詩音へと向けられた。

男の視線に思わず鈴菜は身を固くする。

そんな鈴菜に対し、果南が「では、鈴菜さん……してあげてください」などという言葉を向けてきた。

「わ、私ですか？」

「はい。見るだけでも勉強にはなります。ですが、実践に勝る学びはありません。やり方は私が教えてますから、あなたがしてください」

「それは……でも……」

「恋人を喜ばせたいのでしょう？　そのために来たのでしょう？　ですから……ね」

果南の囁きは、どこまでもやさしげなものだった。

だからだろうか。気がつけば鈴菜は、ベッドサイドに座った琢郎の前に跪《ひざまず》くような体勢を取ってしまっていた。

目の前に汁まみれのペニスがある。男と女の発情臭が混ざり合った独特な匂いが、屹立からは立ちこめていた。嗅ぐだけで頭がクラクラしてしまう。

「べっとりついた汁をきれいにするのは女性の仕事です」

「きれいにって……ティッシュとかを使って？」

「違いますよ」

首を横に振ると、果南は口を開き、舌を伸ばしてみせた。それ以上具体的になにをしろとは口にしない。けれど、彼女が言いたいことは理解できた。

（舐める……口で……これを？）

改めて目の前のペニスを見つめる。

状態は相変わらずの半勃ちだ。ただ、それでも来栖のものよりは大きい。

（夏美ちゃんや果南さんがしたように……する……あんなことを？）

目の前で行われた果南たちの口淫を思い出した。

想起するだけで、胸が早鐘のように鳴ってしまう。同時に、来栖に対する罪悪感もふくれあがった。恋人以外の性器に対して愛撫をするなんて、ひどい裏切り行為と言わざるをえない。

だから、どうしても躊躇してしまう。ペニスを目の前にしたまま固まってしまう。

「……彼氏さんのことを考えているのですね？」

果南には、こちらがなにを考えているのかがわかるらしい。

「まぁ、確かに気持ちはわかりますよ。愛する人がいるのにほかの男性になんて——と、考えてしまうのは普通のことですからね。ですが鈴菜さん、これはその……愛する人のためなのですよ」

鈴菜の肩に手を置き、背後から耳もとで囁く。

「彼氏さんが浮気をしたのは、あなたとのセックスを楽しめなかったからなのですよね。だから、あなたはこのワークショップに参加した。彼氏さんを満足させられるようになりたいから……そう、すべては彼氏さんのため。であるのならば、罪悪感を覚える必要なんてありません。彼氏さんだってわかってくれますよ」

言葉が重ねられる。

どこまでもやさしい口調だ。歌っているかのように美しい響きの言葉が、頭の中に染みこんでくる。

そんなの詭弁《きべん》だ——と想う心はある。

けれど同時に、確かにそのとおりだと受け入れる自分もいた。

実際、ここでしっかり男を喜ばせる術を学ばなければ、きっとまた来栖は浮気をするだろう。それはいやだ。愛する人には自分だけを見ていてほしい。

だから一度、小さく息を吸うと——。

「こ、こんな感じですか？」

肉棒に顔を寄せ、舌を伸ばした。

レロッとペニスに、こびりついた汁に舌を這わせる。

「うっく」

ビクンッと、琢郎が身体を震わせた。

「えっ⁉」

想定よりも大きな反応に思わず驚き、ペニスから顔を離す。

「ああ、ごめんごめん。驚かせちゃったね。でも、大丈夫。今のはその……気持ちよかっただけからさ。だから、気にしないでね」

慌てて、琢郎が謝罪した。ただ言葉で謝るだけではなく、ポンポンと頭を軽く撫でたりもする。

見た目はいかにもチャラ男といった感じ、少し怖さも感じさせる琢郎だけれど、人当たりなどはいいほうなのかもしれない。

「あ……はい……」

手のひらのゴワゴワした感触と、温かな体温が伝わってくる。やさしげな手つきのおかげなのか、不快感はない。それどころかむしろ、少し心地よくもある感触だった。

「気にせず、続けて……お願い」

パチッと軽くウインクまでしてくる。

そうした軽さを感じさせる態度のおかげか、少しだけ緊張が和らぐのを感じた。

「えっと……それじゃあ……」

(来栖君のため……来栖君に喜んでもらうためだから……)

改めて自分に言い聞かせつつ——。

「んっちゅ……ちゅれっろ……れろっ……んれろぉ……」

再び舌でペニスを舐めた。

舌先で汁を搦め捕る。少し塩気を含んだ味と、噎せ返りそうなほどの臭いが口内にひろがった。妙に生々しい。慣れない味、慣れない臭いだ。しかし、不快感はあまりない。

「いいですよ。その調子で……次は……」

舌を蠢かせる鈴菜に、果南がなにをどうすればいいのかを耳もとで指示する。

「……こんな感じですか？」

鈴菜は素直にそれに従い、裏スジを何度も舐めあげたり、肉先秘裂をほじくりまわすように舌で刺激したりした。

肉棒にこびりついていた精液や愛液を舐め取っていく。代わりに、肉棒を唾液まみれに変えていく。

（なんか、これ……変な感じ……身体が熱くなる……）

そうした愛撫を続ければ続けるほど、身体に感じる火照りがより大きなものとなっている。秘部からは間違いなく、愛液が溢れ出しているだろう。来栖と身体を重ねるときよりも大きな興奮を感じてしまっている。

「はぁ……これ、やべぇかも」

すると、琢郎が熱い息を漏らした。これまで半勃ちだった肉棒が、ムクムクと大きくふくれあがる。先ほど射精したばかりとは思えないほどの大きさだ。

「え……あ、これって……」

「鈴菜ちゃんの舌が気持ちよくってさ」

驚く鈴菜に対し、琢郎の言葉はどこまでも軽いものだった。

「気持ちよかった……私で感じたってことですか？」

「そうだよ。鈴菜ちゃんで感じた。だからさ……もっとしてもらってもいい？」

鈴菜の頭を撫でながら、さらなる行為を求めてくる。

どうすべきなのか。一度救いを求めるような視線を果南へと向けると、彼女はコクッと頷いた。

「……それじゃあ」

自分の行為で琢郎が感じた。それはつまり、同じようなことをすれば、来栖も気持ちよくなってくれるということなのだろう。であるのならば、もっと学んだほうがいいかもしれない。すべては来栖のためだ。

自分にそう言い聞かせ、改めてペニスに舌を這わせた。ピチャピチャという音色を響かせながら、肉棒全体を舐めまわす。

「ほら、下の……玉のほうも舐めてあげてください」

「……えっと……ふっちゅ……んれっろ……れろぉ……」

果南に指示されるままに、陰嚢にも舌を這わせて舐めまわす。

そうした愛撫を続ければ続けるほど、肉棒はより大きく硬く、膨張していった。

「そのまま……今度は舐めるだけではなくて咥えてください。お口全体でおち×ちんを愛撫するのです」

「わかりました」

頭がぼんやりしてしまっている。なんだかフワフワしているような感じがして、あまり思考することができない。そのせいか、流されるように頷くと、そのまま「んあっ」と口を開き、夏美や果南がそうしたように肉棒を咥えこんだ。

「んっも……もふうう……」

口の中いっぱいに、濃密な牡の匂いがひろがる。

(これ……大きい……口が……んんんっ)

ペニスの大きさは想定以上だった。口が裂けてしまうのではないかとさえ思ってしまうレベルである。ただ、それでも咥えた肉棒を放そうとは、なぜか思わなかった。

それどころか、背後からの果南の指示に従って、口唇でキュッと肉茎を挟みこみつつ、頭を前後に振りはじめる。

「ふっじゅ……んっじゅっず……じゅぞぞ……じゅぞろろろぉ」

そのうえで、下品な音色が響いてしまうことも厭わず、肉棒を啜りあげたりもした。

(来栖君も気持ちよくしてあげられるように……)

免罪符のように考えながら、口淫を続ける。ぎこちない動きではあるけれど、ひたすら口腔全体を使ってペニスをしごきつづけた。

そのおかげなのか――。

「やばい……我慢できないかも……」

ついに琢郎が、そのような言葉を口にした。

「――ふぇ？」

ペニスを咥えたまま、上目遣いで琢郎を見る。なにが我慢できないのだろうかと、訴えるような視線を向けた。

「鈴菜ちゃんのフェラ……気持ちよすぎるからさ、また……セックスしたくなってきちゃったんだよ。おま×こにち×ぽ、入れたくなったたってこと」

改めてこちらの頭を撫でながら「だからさ、その……していいかな」などと尋ねてきた。

「んっじゅぼ……はっふ……んふうう……はぁはぁはぁ……していいって……わ、私とですか？」

思わず問い返してしまう。

「もちろん。どうかな？」

琢郎がジッと見つめている。

（する……セックスを……来栖君以外と？）

恋人以外と身体を重ねる自分を想像してしまう。

とたんにキュンッと下腹――子宮がこれまで以上により疼くのを感じた。全身に感じる火照りもさらに大きなものに変わっている。身体が男を欲しているように感じてしまうような反応だ。

（でも、それは……）

口淫とは比べものにならない行為だ。セックスというのは愛し合う二人だけの行為のはずである。愛してもいない、今日会ったばかりの男と身体を重ねるなんてあってはならないことだ。

（だけど……それだって……来栖君の……）

愛する人のためだと思えば、する必要がある行為なのかもしれない。

ただでさえ溢れ出ている愛液の量が増してくる。下着はグチョグチョだ。ショーツが肌に貼りつくような感覚が気色悪い。だが、そうした不快感にはほとんど意識が向かない。考えてしまうのは琢郎とのセックスだ。

（来栖君を喜ばせるためだったら、このまま……）

受け入れてしまっても――そんなところまで思考は進む。

だが――。

「ダメですよ」

果南が口は挟んだ。

「いろいろ学んでもらうために、鈴菜さんにセックスをしてもらいたいという気持ちもありますが、今回は……」

言葉をそこで切ると、果南は顔を赤くしたまま、部屋の隅で立ちつくしていた詩音へと視線を向けた。

「詩音さんのお相手を見つけることが目的なのですから……だから……」

語りつつ、ゆっくりと詩音へと近づいていった。彼女の背後に立つ。そのうえで、詩音が身に着けているスカートに手を添えたかと思うと、いっさい遠慮することなくそれを捲りあげた。

詩音が穿いている青いショーツが露になる。その股間部には、ストッキング越しでもひと目ではっきりとわかるほどに濃い染みができていた。

「セックスは詩音さんとお願いします」

2

「あの……これ、やっぱり……」

全裸になった詩音が、ベッドに横になる。

胸の大きさはちょうど手のひらに収まりそうなくらいのCカップ程度、腰まわりは太くもなければ細くもないといった感じだ。陰毛のほうも濃くもなければ薄くもない。あまり特徴がない感じの身体つきだ。けれど、そんなどこにでもいそうな感じのスタイルが、なんだが逆に生々しさを感じさせる。

そうした点に興奮しているのか、琢郎のペニスはさらに肥大化している。

ガチガチになった肉棒——それを見た詩音が尻ごみした様子で、果南に対して縋《すが》るような視線を向けた。

「大丈夫です。琢郎さんはとてもうまいですから。間違いなく、やさしくしてくれます」

「そうそう、マジで詩音ちゃんのこと感じさせてあげるからさ」

「いや……でも……」

簡単に頷けないことだというのは鈴菜にもわかる。詩音のためらいは当然だ。

「好きな相手を忘れたいのでしょう？」

そんな詩音に、果南が囁く。

「それは……」

「間違いを犯したくないのでしょう？　彼を後悔させたくないのでしょう？　だったら……」

歌のように美しい音色の言葉が重ねられていく。

「確かに……そうです」

流されるように、詩音は頷いた。

「だったら……かまいませんね？」

重ねて、果南が問う。

それに対し、詩音は少し悩むようなそぶりを見せたけれど、やがて小さく頷き——

「……やさしくしてくださいね」

と、消え入りそうな声で琢郎に告げた。

「もちろん、わかってる。やさしくして、気持ちよくしてあげるね」

笑顔で頷くと、琢郎は詩音の両脚を左右にひろげた。愛撫もしていないというのにグチョグチョになった肉花弁がクパアッと淫らに花開く。すでに準備はできていると言っても過言ではないだろう。

だからこそ、琢郎はためらうことなく、グチュリッと肉先を膣口に密着させた。

「あんんっ」

それだけで、ビクンッと詩音は肢体を震わせ、甘みを含んだ声を漏らす。愛液で濡れたヒダヒダが蠢き、やっと来てくれた男を歓迎するかのように亀頭に吸いついた。

「さぁ、始めよう」

言葉とともに、琢郎が腰を突き出す。

ジュズブウウッと大きな肉棒が、あっさりと詩音の蜜壺へと根元まで沈みこんだ。

「あっあっ……んはぁあああ……」

詩音の口から嬌声が漏れる。挿入の圧力で押し出されたかのように、結合部からブビュッと愛液が溢れ出るのが見て取れた。

「んんん……入ってきた……私の中に熱いのが……はふぅうう……」

「どうです。気持ちいいでしょう?」

果南が問う。

詩音はそれに対し、答えない。

けれど、ヒクヒク震える身体や、分泌される愛液、それにピンク色の染まった肢体を見れば、詩音が感じていることは明らかだ。セックスに慣れていない鈴菜にだって理解できる。

詩音と繋がり合う琢郎だってわかっているだろう。だからこそ――。

「ふふ、もっと気持ちよくしてあげるよ」

という言葉とともに、すぐさま腰を振りはじめた。

先ほど果南としていたときのように、ベッドが軋むほどの勢いのピストンが始まる。

ギッギッギッギッという音色と、ずっじゅずっじゅずっじゅという水音の二重奏《デュオ》が響きわたった。それにシンクロするように「あっあっあっ、んっひ！　あああ……んぁああ」という詩音の嬌声も奏でられる。

快感の悲鳴を抑えられないといった反応だ。

（詩音さん……感じてる。すごく気持ちよくなってる……）

そうした姿に羨ましさやもどかしさを鈴菜は感じてしまう。

先ほどフェラチオをして、どうしようもないくらいに興奮してしまったせいか、これまで以上に身体は疼きを覚えてしまっていた。

そんな鈴菜に見せつけるかのように、琢郎のピストンは激しさを増していく。しかも、ただ抽挿を続けるだけではない。

「詩音ちゃん……かわいいよ」

喘ぐ詩音にゆっくり顔を近づけたかと思うと、まるで本物の恋人同士のようにキスをした。当然、唇を重ねるだけの軽いキスではない。口内に舌を挿しこみ、グチュグチュとかき混ぜはじめる。

口づけに対し、最初詩音は驚いたような表情を浮かべた。だが、それは本当に最初だけだ。すぐに瞳を閉じたかと思うと、自分からも挿しこまれた舌に舌をからめた。そのまま、互いの口腔をかき混ぜはじめる。

「んっふ……ちゅっる……むっちゅ……んちゅうう！　はっちゅ……んっ、ちゅれろ……れっろ……ちゅれろ……れっろれっろ……んふ……あふんん！　はぁああ……い、いい……気持ち……いいっ」

キスをしながらの突きこみ——それがよほど気持ちよかったのか、ついに自分から快感を認めるような言葉まで、詩音は口にした。

「これ……気持ちよすぎて……感じすぎて……ふっちゅ……むちゅう！　わ、私……私……あっあっ……はっちゅるる……んちゅるるるぅ……んはぁあああ……我慢……

我慢できない。こんなの……簡単に……すぐに……」

「イッちゃいそう？」

まっすぐ詩音の瞳を見つめながら、琢郎が問う。それに詩音は今にも泣き出しそうなほどに瞳を潤ませながら頷いた。

「そっかそっか。それじゃあ、いっしょにイこうか。たくさん……たっくさん出してあげるね」

改めて、琢郎は詩音にキスをする。同時に、グラインドをより大きなものに変えた。

「はっく！　んくうう！　激しい！　あっあっ……ダメ！　こんな……壊れる！　激しすぎて壊れちゃう！　んんん！　こんなの……どんどん……すごいのがどんどん大きくなってくる！　んっふ……んちゅう！　はっちゅる……んちゅるぅ」

喘ぎつつ、詩音も琢郎のキスに答える。

果南と琢郎が身体を重ねたときにそうしていたように、詩音も挿入されたペニスの動きに合わせるように、腰を振りはじめた。互いの性器を貪るような動きだ。

（一方的にされるだけじゃなくて、いっしょに動けば……気持ちよくなれるのかな）

そんなことを考えながら、太股同士を擦り合わせつつ、続くセックスをひたすら鈴菜は見つめつづける。

「ほら、どうしてほしい。どんなふうにしてほしい？」

ただ自分だけが気持ちよくなるセックスではない。琢郎はなにをしてほしいのかを積極的に詩音に問いかけもする。

「それは……その……」

「教えてよ」

恥ずかしいらしく、口ごもる詩音に、琢郎は重ねて尋ねた。

「もっと……激しく……もっと……お、奥まで……」

その問いに、やがて詩音は顔を真っ赤に染めつつも、素直な気持ちを口にした。

「よし、こう？　こんな感じ？」

琢郎はそれに応えるように、より膣奥へと肉槍を突き入れる。なにをどうすれば詩音が感じるのか——という反応を見つめながら、腰の動きを変化させていった。

「はひいい！　それ、それ……いいっ、いいですぅ！」

抽挿に比例するように、快感も大きくなっているのだろう。詩音はこれまで以上に歓喜の声を響かせる。

そんな彼女に、琢郎はもう一度キスをした。

「もう……イック！　んんんっ、もう……もうっ、はっちゅる……んちゅれろぉ！

んっんっ……んんんんっ！」

キスとピストン──ふたつの刺激がよほど心地よかったのか、詩音は限界を訴える。

「出るよ。俺も……さぁ、受け止めて……詩音ちゃんっ」

そんな詩音に、トドメを刺すように、琢郎はこれまで以上に深くにまで肉棒をドジュブッと突き入れた。

「はっひ！　んひぃいいいいっ！」

詩音の目が見開かれる。

「くっ、くぉおおおっ！」

それとともに、琢郎が射精を開始した。

全身と肉棒を震わせながら、濃厚な白濁液をドクドクと子宮へ直接流しこむ。

「ああ……熱いの……出てる！　私に……染みこんでくる！　んひん！　こっれ……あああ、いいっ、すごく……いい。こんな気持ちいいセックス……初めて！　あっあっ……イクッ。イック！　イクぅううううっ！」

琢郎に同調するように、詩音も絶頂に至った。

両脚で琢郎の腰を挟みこみつつ、彼の背中に手をまわし、ギュッと強く抱きしめる。

本物の恋人を相手にしているかのように、肢体と肢体を強く密着させながら、ひたすら肉悦に蕩けた歓喜の悲鳴を響きわたらせた。

「あああ……すごい……いい……はっふ……んふううっ……はぁっはぁっ……はぁあああああ……」

ぐったりとした様子で何度も肩で息をする。

「詩音ちゃん……最高だったよ」

琢郎はうれしそうに微笑みつつ、改めて詩音にキスをした。今度は触れるだけのキスである。けれど、それだけでも十分気持ちがよかったのか、詩音はさらに表情を蕩かせながら「あはぁあああ……」と、歓喜するような笑みを浮かべるのだった。

「マジで気持ちよかった。俺たち、身体の相性バッチリかも」

満足した様子で、拓郎が詩音から離れる。ジュボンッと蜜壺からペニスが引き抜かれた。とたんに、開いた膣口から白濁液が溢れ出す。

「あ、そういえば、中に出しちゃったけど……」

それを見て、琢郎が少しだけ焦るような表情を浮かべた。

「大丈夫ですよ。薬——アフターピルは詩音さんのぶんもありますから」

安心させるように、果南が言う。

琢郎は「そっか、ならよかった」と、ホッとしつつ、改めて詩音の頭を撫でた。

「それで……俺は本当によかったけど、詩音ちゃんはどうだった？」

頭を撫でるだけではない。愛しい恋人にするように頬や額に口づけしつつ、琢郎が尋ねる。

問いかけに、詩音は一瞬頬を赤らめ、なにかを迷うような表情を浮かべたあと、

「その……私もすごくよかったです。こんな気持ちがいいセックス……本当に初めてでした」

と、素直な気持ちを口にした。

好きな幼なじみを忘れるために参加した婚活パーティーや、マッチングアプリで出会った男たちと身体を重ねたりもしたらしいけれど、ここまで気持ちよくなれたのは本当に初めてのことらしい。

「つまり、満足できたということでよろしいですか？」

今度は、果南が問いかけた。

「……それは……はい……」

ためらいつつも、詩音は頷く。

「そうですか……では、琢郎さんとおつき合いなさいますか。琢郎さんと恋人同士になれば、これからも何度だってこんなセックスをすることができますよ」

「それはマジ保証する！」

琢郎が親指を立てる。こういうところは本当に軽い男だ。

詩音はそんな果南と琢郎を交互に見つめたあと、申しわけなさそうな表情を浮かべたかと思うと——。

「すみません……それは……できません」

申しわけなさそうに、謝罪の言葉を口にした。

「え……ダメ？　どうして。満足できたんでしょ？」

「それは……はい……そうです。満足できました。でも……」

語りつつ、詩音は果南を見る。

すると、果南は「わかっていますよ」と頷いた。

「気持ちがよくて満足できた。でも、好きなお相手を想う気持ちを消すことはできなかった——ということですよね？」

「……すみません」

重ねて詩音は謝る。

「謝る必要なんかありませんよ。当然のことですから」

すると果南は、そんな言葉を口にした。

「当然のこと……ですか？」

「ええ、そうです。性欲を解消したところで、想いを消すことなんかできるわけがないのです。そんなの初めから、わかってたことですよ」

「初めからって……だったら、なんでこんなことを？」

「もちろん、その事実を身をもってわかってもらうためです」

「身をもってって……それじゃあ……私はどうすれば……」

ワークショップに参加した。見ず知らずの、初めての男とセックスもした。それなのに悩みは解消されない——絶望するような表情を、詩音は浮かべる。

すると果南は、そんな詩音を抱きよせると——。

「大丈夫。あなたのお悩みは必ず解消してあげます。そのために、会いましょう……あなたの幼なじみに」

などという言葉を口にするのだった。

第四章　エクスタシーの極致

1

あれから数日が過ぎた。

あのワークショップの日から、まともに来栖の顔を見ることができていない。なんだか罪悪感を覚えてしまうからだ。

だからこそ、夜は謝罪の気持ちをこめ――。

「その……今日はお口でしてあげる」

学んだことを活《い》かし、フェラチオをすることにした。

「え……マジで……いいの!?」

「うん。その……来栖君に気持ちよくなってほしいから」

素直な気持ちである。

がんばって気持ちよくさせる。来栖に最高の快感を刻みこむ。自分がいればほかの女なんていらないと思ってもらうようにする。

そんな想いで来栖のズボンを自分から積極的に脱がし、露になった肉棒に――。

「ふっちゅ、んちゅっ……ちゅっちゅっちゅっ……ふちゅうう」

と、キスをした。

肉棒の大きさは十センチ程度の仮性包茎である。祐馬や琢郎のモノと比べると、やはり小さい。あの二人の男らしかったモノとは対照的に、来栖のモノはかわいらしい。

ただ、そんなところがなんだか愛《いと》おしい。

想いを伝えるようにして数度キスをし、包皮を捲《めく》る。剝き出しになる亀頭はきれいなピンク色だ。

(確か……こんな感じ……)

学んだことを必死に思い出し、亀頭全体を舐めまわす。裏スジを舐めあげ、肉先秘裂を何度も舌先で上下になぞりあげたりした。そのうえで口を開き、ペニスを咥えこむと、口唇で肉茎をキュッと締めつけつつ「んっじゅ……じゅずるるる」と吸いあげた。

ぎこちなさは当然ある。けれど、自分でもうまくできた気がする口淫だった。

そのおかげか――。

「やっぱ……けっこううまいじゃん！　我慢できねぇ……鈴菜……いいか、口の中に出して……」

「いひよ……来て……んっちゅる、ちゅずるるるるぅ」

限界を訴える来栖から、最後の一滴まで精液を吸い出そうとするように啜りあげた。

「くおおお」

それがよほど心地よかったのか、来栖は射精を始める。ピュルピュルと撃ち放たれた白濁液が、鈴菜の口内にたまっていった。

牡くさい生ぐささと、苦みを含んだ味が口内にひろがる。正直、おいしいとは言いがたい味だ。不快と言ってもいいだろう。正直、吐き出したい。しかし、そんな鈴菜に対し、来栖はなにかを期待するような視線を向けている。はっきりと言葉にはしない。それでも、顔を見れば彼がなにを考えているのかは理解できた。

だから、その想いに応えるように――。

「んっく……んっんっ……んふううっ……」

喉を上下させて、注ぎこまれた白濁液を嚥下してみせた。

「全部……飲んだよ」

口を開いてみせる。

それに対し、来栖は実に満足そうな笑みを浮かべた。

間違いなく、来栖は喜んでくれている。これならほかの女に行くようなこともも う なくなるかもしれない――などという期待を抱ける反応だった。

けれど、期待とは裏腹に、来栖の浮気癖は直らなかった。それどころか、まるで鈴菜の公認でも得たかのように、この一週間だけでも二人の女性と関係を持っている。

「おまえががんばってくれたのはわかったよ。でも、まだ足りないんだよな」

というのが、来栖の言いぶんである。

まだ自分だけでは満足させられないらしい。もっと学ばなければならない。

だから、ワークショップから一週間後――。

「それじゃあ、出かけてくるね」

「えっ……どっか行くのか？」

「うん、ちょっと……」

「帰りは、飯はどうなる？」

「何時くらいになるかはわからない」

「……チッ」

来栖は不快そうだ。

自分は出かけるとき、何時に帰るとか言わないくせに、鈴菜が同じことをすると、とたんに不機嫌になる。そういうところは本当に理不尽だ。しかし、不機嫌にさせてしまったのは自分だ。

「ごめん」

素直に謝る。

すると来栖は、しばらく考えるようなそぶりを見せたあと「まぁ、別にいいよ。今日は……美樹《みき》のところで食べさせてもらうことにするからさ」などと、臆面もなく口にしてきた。

美樹というのは初めて聞く名前だが、どうせ女なのだろう。

来栖が自分とは別の女と食事を取る。そしてたぶん、食事だけでは終わらない。そのあとはきっと……。

想像すると、胸が痛む。吐き気をともなった不快感がふくれあがった。だからこそ、逃げるように家を飛び出し、鈴菜はまた今日も一週間前に訪れた雑居ビルへと足を踏み入れた。

そこに待っていたのは果南と、詩音の二人である。

今日はワークショップの第二回目なのだ。

「鈴菜さん、いらっしゃい」

果南のほうは、笑顔を向けてきた。詩音は無言で頭を下げている。それに「お久しぶりです」と応えつつ、室内を見まわした。

「ほかの方は？」

「今日は私たち三人だけです。すでに犀川さんご夫婦や夏美さんのお悩みは解決されましたからね」

「なるほど……」

頷きつつ、詩音へと視線を向ける。

「それでその……今日は、えっと……橋崎さんの……」

「はい、詩音さんのお悩みを解決いたします。というわけで……幼なじみさんとの連絡はついていますか？」

果南が詩音に問う。

「はい……その、ここに来るように言って――」

そこまで詩音が口を開いたところで、ガチャッとドアが開く音が響いた。三人でいっせいに入口へと視線を向けると、そこには一人の少年が立っていた。

まだあどけなさが残る顔だちの子だ。年は鈴菜や詩音よりもひとまわりは低いだろう。そんな少年は不審そうな顔で室内を見まわしたうえで詩音を見ると、少しだけホッとしたような表情を浮かべた。

「よかった……ここで合ってたんだ。もう、変なところに呼び出さないでよ、詩音姉さん。こんなビルに入るのなんて初めてだから、緊張しちゃったよ」

少年は軽い口調で詩音に話しかける。

この子が詩音の想い人ということで間違いないだろう。

「ごめんね」

少年に、詩音が謝罪する。

「まぁ、いいけどさ」

それに対して、少年は笑顔で応えつつ「えっと、それでその……」と、不思議そうな表情で果南と鈴菜を見てきた。見ず知らずの人間がいれば、誰だってこんな反応をするだろう。

「自己紹介させていただきますね。私は倉橋果南と申します。そしてこちらは……」

「あっ、宮園鈴菜です」

慌てて名乗り、頭を下げる。

「えっと……僕は如月《きさらぎ》です。如月和也《かずや》と言います。その……よろしくお願いします」

少年——和也も名乗ってくれた。

いきなりこんな所に呼び出されて、わけもわからず戸惑っているだろうに、なかなか丁寧な子である。

「それでその……今日はなんで僕をここに……」

ここに呼び出された理由は聞いていないらしい。当然と言えば当然だ。鈴菜だってよくわかっていないのだから。詩音も同様だろう。

理由を唯一知っている果南を見る。

「簡単なことですよ」

すると果南は、満面の笑みを浮かべ——。

「実はですね、和也君……詩音さんがあなたのことが好きらしいのですよ」

あっさりとそんな言葉を口にした。

「——へ？」

和也が目を見開く。ポカンと口を開け、間の抜けた声を漏らした。

「えっ」

それは詩音も同様だ。

果南を見つめながら表情を凍りつかせ、立ちつくす。身体も思考も、完全にフリーズしているようにしか見えない。

だが、それはわずかな時間だ。

「ちょ……ちょちょちょ、ちょっと！　倉橋さん！　あなた……なに言ってるんですか!!」

詩音の、顔に怒っているような、焦っているような表情が浮かぶ。

「なにって……ただ事実を述べただけですよ。そうでしょう？」

「そうでしょうって……だからって……それは……」

忙《せわ》しなく詩音の目が泳ぐ。突然の状況に、完全にパニクっているようだ。

だが、そうした彼女の動きは和也を見たとたん、ピタリッと止まる。

「あ、その……和也……今のは……」

なにをどう彼に言うべきなのか、それを必死に考えるような表情を詩音は浮かべた。

和也のほうはと言うと、そんな詩音をただ呆然と見つめる。だが、すぐに大きく息を吸って、表情を引きしめたかと思うと——。

「今のその……倉橋さんの言葉って、本当？」

詩音をまっすぐ見つめながら、真剣な顔で問いかけた。

「えっ……あ……それは……」

詩音は言葉につまる。向けられる和也の視線にいたたまれなくなった様子で、顔を背けた。

「教えてよ、詩音姉さん」

だが、和也は詩音に質問を重ねる。答えを聞かずにはいられないといった顔だ。そんな彼に対し、詩音は――。

「……私が和也が好きって……そんなこと――」

否定するような言葉を口にしようとする。

「いいんですか、それで？」

だが、果南が口を挟んだ。

「本当の気持ちを隠していいのですか。詩音さん、ずっとあなたは悩んで、苦しんできたのでしょう。想いを隠しつづけることがつらかったから、ワークショップに参加してくださったのですよね。そして、先週したことでも、あなたのお悩みは解決されなかった。であるのならば、その苦しみを消す手段はひとつ……素直になることしかありません。それはあなた自身がいちばん理解しているでしょう？」

詩音を見つめながら、果南は言葉を紡ぐ。

対する詩音は、しばらく黙りこんだあと——。

「……それは確かにそうかもしれません」

果南の言葉を肯定した。

「でも、だからって、私と和也じゃ……」

詩音は唇をギリッと噛《か》んだ。

和也への想いはある。しかし、見てのとおり、和也は少年だ。年が離れすぎている。それに、大人と子供では法律的な問題だってあるはずだ。その事実を詩音は大人だからこそよく理解している。ゆえに、想いに素直になれないのだろう。

「躊躇する気持ちはわかります。しかし、大事なのは詩音さんと……和也君、二人の想いですよ」

「私と……和也の？」

首を傾げながら、詩音は改めて和也を見た。

その視線を、和也は相変わらず真剣な表情で受け止めたうえで——。

「詩音姉さん……教えてほしい。ホントのことを……僕は知りたい。本当に詩音姉さんが僕のことを好きなのかを……だって、だって、その……僕、僕は……好きだから。ずっとずっと、好きだったから……詩音姉さんのことを！」

自分の素直な気持ちを口にした。

その言葉に、詩音は驚いたような顔を浮かべる。

(そういえば自己紹介のとき、姉として好かれてると思うって詩音さんは言ってた)

異性として見られているとは考えてはいなかった。だからこその驚きなのだろう。

「教えて……姉さん！」

和也は言葉を重ねる。

そうした視線と言葉を、詩音はしばらく受け止めつづけたあと――。

「わかってるの、和也？　私とあなたの年の差を……私は、あなたが大人になった頃には、おばさんになってるのよ」

搾り出すように、口にした。

「そんなの関係ないよ」

だが、和也は首を横に振る。

「年なんかどうでもいい。何歳だって関係なく、僕は姉さんが好きだ。だから……お願い、本当のことを言ってよ」

感情が高ぶっているのか、和也の目が潤みはじめる。あどけない顔と相まって、なんだか少女のようにも見える姿だ。かわいらしささえ感じる。

幼なじみのそんな姿に、一度詩音は天井を見つめて大きく肩で息をすると、ゆっくりと和也へと近づいていき、彼の小柄な身体を抱きしめた。そのまま「んっ」とキスをする。

そしてゆっくりと唇を離すと、唐突なキスに驚きの表情を浮かべている和也に対し、

「好きよ。好き……和也のことが好きよ」

と、自身の想いを隠すことなく口にした。

「姉さん……うれしい」

答えに、和也は笑うと、今度は彼のほうから詩音を抱きしめ、必死に背伸びしながらキスをした。それも一度だけではない。二度、三度、四度と口づけを繰り返す。情熱的と言ってもいい口づけだ。間違いなく、二人は口づけの快感を覚えていることだろう。

二人は愉悦に流されるように、ただ唇を重ねるだけではなく、やがて舌と舌までからませはじめた。

きっと和也にとっては初めてのキスだろう。それでも、自然と舌を伸ばす。唾液と

唾液を交換するほど濃厚な口づけというのは、人の本能に刻まれている行為なのかもしれない。

「はっちゅ……ふっちゅ……んっちゅ……ちゅれろっ……んちゅれろぉ」

互いの身体を強く抱きしめ合いながらのキスだ。グチュグチュという音色もどんどん大きなものに変わっていく。鈴菜たちの存在など二人は完全に忘れている。

それほど深い口づけ——よほど気持ちがよかったのか、やがて和也がもどかしそうに腰を振りはじめた。たぶん、勃起してしまっているのだろう。それを無意識のうちに、詩音に擦りつけるような行動である。

「これ、硬くなってる」

当然、詩音が気づく。

一度唇を離し、小悪魔みたいな表情を和也へと向けた。

「あ……ご、ごめん」

和也は恥ずかしそうな表情を浮かべ、謝罪する。

「別に謝る必要なんかないわよ。だって……私でこんなにしてくれてうれしいから」

そんな和也の耳もとに、詩音は囁きかけるとともに、彼の身体をその場に押し倒した。そのうえで改めて口づけしつつ、彼の股間部に手を伸ばすと、ズボンの上からペニスを撫でるように刺激しはじめた。

「よく見ていてください」

そうした光景に呆然と立ちつくしていると、果南が微笑みかけてきた。

「想いに素直になるというのは、とてもいいことです。我慢なんかしても苦しいだけ。素直になることの素晴らしさを、これからのあの二人を見て、勉強してください」

「素直になること……」

果南の言葉を噛みしめるように呟きつつ、二人へと視線を向けつづける。

その視線に詩音は気づくことなく、やはり口づけを続けたまま、器用に和也のズボンを下着とともに脱がせた。

勃起した和也のペニスが剝き出しになる。

さすがにまだ若いからだろうか。祐馬や琢郎のモノと比べると、ずいぶんおとなしい肉棒だった。長さや太さはだいたい来栖のモノと同じくらいだろう。包皮だってかぶっている。かわいらしさを感じさせるペニスだ。

それを詩音は躊躇することなく、キュッと手で握った。

「あっ、あああ……」

手のひらで肉棒が包みこまれる。気持ちがよかったのか、和也の口からは愉悦の悲嗚が漏れた。

少年が見せる、そうした初心《うぶ》な反応に、詩音はうれしそうな表情を浮かべ、握るだけではなく、肉棒をしごきはじめる。愛する幼なじみに気持ちよくなってほしいという気持ちがこもった愛撫だということは、ひと目で理解できた。

「それ……ダメだって、詩音姉さん……こんなの僕……すぐ、すぐにぃ」

よほど心地よいのか、数度の手淫だけで、すぐさま和也は限界に昇りつめていく。

「ダメよ。もう少し我慢……もっと気持ちよくしてあげるからね」

しかし、詩音は射精を許さない。

より強い快感で達してほしいらしく、一度肉棒から手を放すと、キスを中断し、マットの上で仰向けになっている和也の股間に顔を寄せていった。そのまま当然のように、肉棒に口づけをする。それも一度だけではない。繰り返し啄むように、勃起棒に口唇を密着させた。そのうえで口を開き、肉棒を咥えこんでいく。

「あっあっ、やっ、それ！　うぁああ！　あああああ」

根元までペニスを呑みこまれたとたん、これまで以上に愉悦の響きを含んだ嬌声を、和也は響かせた。愉悦に流されるように、腰を浮かせる。

「んふふ……気持ちいひ？」

咥えたまま上目遣いで、詩音は和也の顔を見た。

「いい！　すっごいいいっ！」

快感を否定することなく、和也は何度も頷く。

「んふふ……ふっちゅる……んじゅる……ちゅずるるるぅ」

愉悦に身悶える姿をうれしそうに見つめつつ、詩音は肉棒を吸いはじめた。精液を吸い出そうとするような、激しい吸引だ。頬を窄《すぼ》めて、唇を突き出すという、ある意味情けなささえ感じさせるような顔をさらしてしまうことも厭わない。

もちろん吸うだけではなく、じゅずっぽじゅずっぽと頭を振って、肉棒全体を口腔でしごいたりもする。

「姉さん……これ……これぇ！　あっあっあっ！」

激しい愛撫に、和也は今にも泣き出しそうな表情さえ浮かべつつ、両手で詩音の後頭部をつかむと、快感に流されるかのように腰を振りはじめた。まるで膣に挿入したかのような勢いで、詩音の口腔を激しく犯す。

「おっぶ！　むぶっ、んぶぅううっ！」

唐突に動き出した幼なじみの腰に、詩音は目を見開くと、苦しげな吐息を漏らした。

ただ、だからといって和也の動きを止めようとはしないし、突きこまれる肉棒から逃れようともしない。それどころか、彼の快感をあと押しするように、さらに口唇できつく肉茎を締めつけ、より吸引を激しいものに変えていった。

射精してほしい。口腔を和也の精液でいっぱいに満たしてほしいというような、濃厚な口唇奉仕だ。

「で、出る！　詩音姉さん……僕、もう出るよ！　出ちゃうっ」

強烈と言っても過言ではない口淫に、童貞少年が逆らえるはずなどない。すぐに和也は限界まで昇りつめ、射精を訴えた。

「いひよ……らひて……わたひの口にたくさん……和也の、感じさせて……んっじゅるる……ふじゅるるるるぅ」

今度は射精を拒絶しない。詩音は容赦なくペニスを啜りあげる。

「あああ！　ふぁあああああ」

和也の表情が蕩けた。同時に彼の小柄な身体がビクビクと震える。詩音の口内に向かって射精を開始したらしい。

「んっっ……んんんんっ」

詩音はそれを当然のように、すべて口で受け止める。うっとりと目を細めながら、口内にひろがる白濁液を受け止めつづけた。

「はふぅう……くひの中……和也のれ、いっぱい」

肉棒を咥えたまま、うれしそうに口にする。

「んっぎゅ……んっんっ……んんっ」

そのうえで詩音は喉を上下させ、白濁液を嚥下しはじめた。

「んげっほ……げほっげほっ……」

精液が濃厚なせいで喉に引っかかるのだろう。詩音は何度も咳《せ》きこんだ。だが、それでも決して肉棒を放すことはなく、口淫を続ける。

(あれ……すごくまずいのに……)

鈴菜は来栖のものを飲んだときのことを思い出した。

生ぐさくて、苦くて、ネトネトしていて気色が悪い——とてもではないが、おいしいとは言えない汁だ。あんなのもう二度と飲みたくはない。

そうした味に関しては、別の男の精液であってもそこまで変わりはないはずだ。だというのに、今の詩音の表情は、本当においしいものを飲んでいるかのように見える。口の中の汁すべてを飲みほしたくて仕方がないといった様子だ。和也のものならば、なんだって——そんな想いが伝わってくるような姿である。それほどまでに、詩音は和也のことを愛しているのだろう。

（でも、私だって来栖君のことを愛してる。それなのに、どうして？）

自分との差はなんなのだろうか。それがわからない。

そんな疑問には当然答えてくれることもなく、やがて詩音は精液を最後の一滴まですべて飲みほした。

「全部飲んだよ」

口を開け、口内が空になったことを和也へと見せつける。

「詩音姉さんが僕のを……」

「そう……和也のを飲んだ。気持ちよかった？」

「うん。すごくよかった」

素直に和也は快感を口にする。

「そっかそっか……ふふ、よかった。でもね、和也……これくらいで満足なんかしないでね。本当に気持ちがいいのはここからなんだから」

そう言って、詩音は微笑むと——。

「んっちゅ……もっもっ……んもぉおおっ」

再び肉棒を咥えこんだ。

「えっ、あっ……ちょっ！」

対する和也は、焦るような表情を浮かべる。

「ダメだよ！　今は出したばっかりで敏感になってるから！」

「らーめ、もっと和也のが飲みたいの。らから……じゅるる……んじゅるるるぅ」

再び、詩音は吸引を始めた。

先ほどと同じような——いや、先ほど以上に下品な音色が響くほどの勢いで肉槍を啜りはじめる。もちろん吸うだけではなく、頭まで振り、和也のペニスを激しくしごいた。

「あっあっ、ダメだよ！　こんな……すぐにこんな激しいのなんて！　はひ！　くひぃいいいいっ！」

一見すると少女のようにかわいらしい顔をした少年が、口淫に合わせて喘ぎはじめる。今にも泣き出しそうな表情にさえ見えた。

幼なじみのそうした反応に、詩音はどこまでもうれしそうな表情を浮かべつつ、ひたすら奉仕に奉仕を繰り返す。

「でっる！　また出る！　我慢なんかできないよぉお！」

濃厚な口淫に抗うことなど少年には不可能だ。すぐに和也は再びの限界を迎え、またしても白濁液を詩音の口内に流しこんだ。

「んふううっ」

先ほど以上にうれしそうな表情を浮かべ、詩音は白濁液を受け止める。そのうえで再び喉を上下させて白濁液を飲みほしていった。

そして、また――。

「もっと……飲ませて……んじゅるるる……ふじゅるるるぅ」

間髪をいれずに肉棒を吸いはじめる。

「嘘！　また……またぁあああ!?」

和也が叫んだ。

表情は半泣きである。

（なんか……あの顔……）

鈴菜だけではない。誰の目から見ても、少しかわいそうな気がする表情だ。けれど、無垢《むく》な少年が浮かべる泣き出しそうな表情は、見ているとなんだかゾクゾクしてくる。

きっと、詩音も同じような感覚を抱いているのだろう。だからなのか、彼女は奉仕をやめない。喘ぐ幼なじみの姿をうれしそうに見つめながら、ひたすら口淫を繰り返し、二度、三度、四度と和也から白濁液を搾り取るのだった。

2

「もう……無理だよぉお……」

何度となく射精に射精を重ねた和也が、ついに泣き言を口にする。

「さすがにちょっと、まずくないですか？」

これはやりすぎかもしれない。下手をすれば二人の関係が壊れてしまうのではないかとさえ思えてしまうような姿だった。心配になってしまい、自分の隣で二人の行為を見つめつづけている果南に、鈴菜は問いかける。

「大丈夫ですよ。あの二人はあれでいいのです」

鈴菜の心配をよそに、果南は笑った。

「無理……本当に？」

一度ペニスを口から解放した詩音が微笑む。その顔は、これまで見たことがないほど妖艶であり、鈴菜でさえもドキリとしてしまうほど魅力的なものだった。

そんな彼女が見つめるのは、和也のペニスだ。

幼さを感じさせる彼のペニスは何度も射精したあととは思えないほどに、まだ勃起していた。精液を無理やり搾り取るような行為を、言葉とは裏腹に肉棒自身はまだ望んでいるかのように見える。

「これ以上は……もう……」

詩音の問いかけに、和也は首を横に振る。

ただ、その表情は泣き出しそうなものではあるけれど、これからされることに期待を抱いているようにも見えた。

当然、つき合いが長い詩音は、それを理解しているのだろう。

「ふふ……和也の期待に応えてあげる。私ももう……限界だしね。だから……行くよ、和也……」

ペロッと詩音は自身の唇を舐めた。とても妖艶な仕草だ。そうした姿に魅力を感じたのか、和也はビクビクッと肉棒を震わせた。

幼なじみのそんな反応をうれしそうに見つめつつ、和也の上に跨がると、すでにグチョグチョに濡れそぼり、淫らな花を咲かせる秘部を、勃起棒の先端にグチュリッと密着させた。

「入れるね……和也」

そのまま、詩音は腰を落としていく。

ズブズブと、蜜壺で幼さの残る肉槍を根元まで呑みこんでいった。

「あっあっ……はぁあああ」

和也の口から歓喜の悲鳴が漏れる。

「んふうう……入ってきた。和也のおち×ちんが……私の中に……やっと……んんん、やっと和也とひとつに……なれたぁあああ」

同じように、詩音もうっとりと表情を蕩かせながら、愉悦の吐息を響かせた。

「和也……好き……好きよ。愛してる……和也……ずっとずっと、前から……あなたのことを……和也ぁ」

愛おしそうに和也の頬を撫でる。

「あああ……ぼ、僕も……好き……詩音姉さんのこと……ふううう……好き……好きだぁああ……あっあっ……んぁあああああ」

泣きそうな顔ではあるけれど、ためらうことなく和也は自身の想いを口にする。

「和也……んっちゅ……ふちゅう」

愛おしさに流されるように、詩音は和也に口づけした。

「詩音姉さん……んんんっ」

「はっちゅ……んちゅ！　ふちゅううっ」

繋がり合ったまま、濃厚なディープキスを交わす。

上の口と下の口――ふたつの肉穴で繋がり合いながら、詩音は腰を振りはじめた。女を犯す男のような勢いで、和也の腰に自身の腰を打ちつける。腰をグラインドさせるたび、ギュッギュッギュッと蜜壺全体で肉棒を締めつける。

口だけではなく、今度は膣で精液を感じたい――そう訴えるような、激しいピストンだ。

「だ、ダメだよ、姉さん！　すごすぎる！　これ、気持ちよすぎて……僕……簡単に……すぐに……また！　あぁあああああ！」

童貞を失ったばかりの少年には、あまりに刺激的だったらしい。数度の腰振りですぐさま和也は限界へと昇りつめていった。

「いいわよ。出して……和也、私の中にたくさん注ぎこんで」

もちろん、詩音は射精を止めはしない。それどころか、積極的に中出しを求める。それは言葉だけではない。身体でも射精を促すように、これまで以上にきつく肉棒を締めつけた。

「あっあっ……で、出るぅうっ！」

抗えるわけなどなく、少年はすぐさま限界へと昇りつめると、全身を打ち震わせ、射精を開始した。詩音の蜜壺へと白濁液を流しこんでいく。

「ああ……来た……和也の精液が来た！　私の中に熱いのがひろがる……あっあっ……いいっ。これ……すごく気持ちいい！　イク……私も、私もイクっ。和也といっしょに……イクぅうっ！」

子宮内にひろがる熱が快感へと変換されたのか、詩音も幼なじみとシンクロするように、絶頂に至った。

「あっは……んはぁあああ……」

歓喜の吐息を漏らし、全身を甘く打ち震わせる。本当に心地よさそうな、幸せそうな表情だった。とても満足げに見える。

だが、それでも――。

「もっと……和也……もっと……」

足りないらしい。

そうした自身の欲望にまったく抗うことなく、詩音は休む間もなく、再び腰を振りはじめた。

「あ、ちょっ！　また……こんな続けてっ！」

再び連続で刻まれる刺激に、和也は驚いたような表情を浮かべて、詩音を止めるような言葉を漏らす。

ただ、口では「ダメだよ」と言っているものの、彼の顔は、刻まれる快感に喜んでいるように見えた。

二人とも、互いが刻んでくれる性感に歓喜しているようにしか見えない。

「和也……和也……あっあっ……んんん！　いいっ、おち×ちん……いいっ」

「姉さん……詩音姉さん……あああ……ふぁあああああ……」

二人そろって喘ぐ。

完全に二人だけの世界だ。見ている鈴菜たちのことなど完全に忘れているらしい。

（なんか……すごく羨ましい……）

見ているだけで身体がどんどん熱くなるような光景だった。自分もあんなふうに気持ちよくなりたい――心から、鈴菜はそんなことを考えてしまう。これまで目の前で繰り返されてきたセックスを見るたびに感じてきた下腹部の疼きが、またもふくれあがった。

これまでもそうしてきたように、太股同士を擦り合わせる。いや、それだけでは足りない。自然と手を自分の秘部へと伸ばそうとした。

「気持ちよくなりたいですか？」

すると、鈴菜の興奮に気づいたらしい果南が囁きかけてきた。

「えっ……あ……いえ……別にそんなことは……」

「別に否定することなんかありません。あの二人を見て興奮しない人間なんていませんよ。当然の反応です。ですから……」

語りつつ、果南は鈴菜の背後に立ったかと思うと、いきなりスカートを捲りあげ、中に手を挿しこんできた。ショーツ越しに秘部に触れてくる。指先がクロッチに押しこまれ、グチュリッという音色が響きわたった。

「あんんんっ!」

身体は敏感になっており、それだけで愉悦を覚え、思わず快感の吐息が漏れ出てしまう。

「ちょっ! な、いきなり、なにを……」

「……鈴菜さんの欲求を叶えようと思ったんですよ。あの二人みたいに気持ちよくなりたいのでしょう。ですから……」

耳もとで囁きつつ、二人のピストンとシンクロするように、密着させた指を蠢かせ、秘部をグッチュグッチュと擦りあげてきた。

「ちょっ、あっ、だ、ダメ! んひんっ、あっあっ……それ、ダメぇ!」

とたんに、視界が歪むほどの快感が刻まれる。

「ダメですよ……こんな、こんなこと！」

「……ダメ？　気持ちいいでしょう？　快感に抗うことなんかしないでください。身を任せるんです。自分の気持ちに素直になって」

「そんなこと……言われても……あああ……んぁあああ……」

セックスは、これまで来栖と何度もしてきた。けれど、他人にこうして愛撫されるのなんて初めてのことだ。

(これ……違う……自分でするのと全然違う！)

自慰で感じることができる快楽とはまるで違う。あれを数倍にも増幅させたかのような愉悦だった。

自然と身体中が震えてしまう。全身がより熱く火照り、秘部からはトロトロと、これまで以上に多量の愛液が溢れ出てしまう。

「無理……これ、こんなの……簡単に……」

あっさりと、達しそうにさえなる。

「我慢しなければ、こういう快感を味わうことができるんです。素直になってください。耐えたところで、いいことなんかなにもない。それは……あの二人を見ればよくわかるでしょう。だから……このままイッてください。あの二人といっしょに……」

「ふた……りと……」

目の前で繋がり合う恋人たちを見つめる。

「ほら、出して……また、出して！」

「出る！　あああ、姉さん……くうう！　姉さんの中にまた！　我慢できない！　僕……また……出ちゃぅよぉおお！」

二人そろって、限界に昇りつめていく。声を聞けば、顔を見れば、二人が本気で感じていることはすぐに理解できた。

「ああ……こんな、私……私も……」

そんな二人にあと押しされるように、鈴菜の快感も、どうしようもないほどにふくれあがっている。

「いいですよ。さぁ、イッて」

言葉とともに、果南は指先でクリトリスを強く押しこんできた。

「あっ、い、イクッ。あっあっ……はぁあああ！」

それがトドメとなる。

目の前が真っ白に染まり、果南に背後から抱きすくめられたまま、あっさりと鈴菜は絶頂に至った。

それとほぼ同時に——。

「で、出る！　あああぁ」

「はぁあぁ……来た！　また熱いの来たっ。あっあっ……和也……んんん！　イクっ。私も……また、イクぅううっ！」

詩音と和也も再びの絶頂に至る。

「いい……和也の熱いので中……子宮を満たされるの……すごく……いいっ。あっはぁ……んはぁああああ……これ、幸せぇええ……」

ビクッビクッと身体を震わせながら、本当に幸せそうに、うっとりとしたときを、詩音は響きわたらせた。

そのうえで、全身からぐったりと力を抜きつつ、改めて和也にキスをする。

「はっちゅ……んちゅっ……ふちゅうう……」

繋がり合ったままの口づけは、本当に心地よさそうなものだった。

そんな姿を、果南に抱きしめられたまま、肩で息をしつつ見つめる。

（本当に二人ともよさそう……今、私が感じたみたいな快感を……）

いいや、それ以上の悦楽を間違いなく、二人そろって味わったのだろう。

（……私も……）

そう考えると、二人を羨むような感覚がふくれあがった。
自分だって詩音たちのように気持ちよくなりたい。
ふくれあがる感情に流されるかのように、果南に対して縋るような視線を向けた。
それに対し、果南は――。
「大丈夫。わかっています。鈴菜さん……最後はあなたの番ですよ」
そう言って、やさしい笑みを浮かべてくれるのだった……。

第五章　他人棒で味わう初めての快楽

1

詩音と和也のセックスを見た数日後の夜、来栖に誘われた。当然、拒絶することなく、鈴菜はそれを受け入れた。

（いろいろなセックスを見た。だからきっと、私にだって来栖君を喜ばせることができるはず……きっと、満足してもらえるはず）

「それじゃあ……お口でしてあげるね」

フェラチオをする。

「なぁ、いいだろ？」

来栖のかわいらしい肉棒を咥え、激しく啜りあげた。まだぎこちなさはあるけれど、濃厚な口淫に「やっべ、最高！」と、来栖は本当に心地よさそうな表情で快感を口にし、たくさんの精液を口内に撃ち放ってくれた。口の中に生ぐさい味がひろがる。苦みをともなった汁は、相変わらずおいしいとは言いがたいものだった。それでも愛する来栖のものだから、吐き出すことなく飲みほした。

鈴菜のそうした行為に、来栖は鼻息を荒くする。射精直後だというのに、すぐに肉棒を硬くしてくれた。

（来栖君が私で興奮してくれてる……）

そう思うとうれしかった。

もっと来栖を感じさせたいという想いがふくれあがる。同時に、来栖にも気持ちよくしてほしいという想いがわきあがった。

夏美、唯、詩音、それに果南――みんな本当に気持ちよさそうだった。幸せそうだった。あんなふうに自分も感じたい。感じさせてほしい。

ただ、それを口にするのはなんだか気恥ずかしく、来栖に対して、おねだりするような視線を向ける。目と表情で、自分にも愛撫をと訴えてみせた。

だが、その視線の意味に、来栖は気づいてはくれなかった。

「鈴菜っ！」

本能のままにこちらの身体を押し倒すと、すぐさまガチガチになった肉棒を秘部に押しつけ、腰を突き出してきた。

「んっ……くんんっ」

口淫だけでもそれなりに興奮はしたので、秘部はすでに濡れている。けれど、肉棒を迎え入れるにはまだ十分とは言えない状態だった。おかげで、やはり痛みを感じることとなってしまう。眉間には苦痛の皺が寄った。漏らしてしまう声も苦しげだ。

ただ、来栖はそれに気づいてくれない。ひたすら鼻息を荒くしつつ、自分の欲望のままに腰を激しく打ち振るった。

「うっく……んっ……ふんんっ……んっんんっんっ……」

ギッギッギッと、ベッドが軋む。剝き出しになった乳房が揺れ動くほどのピストンだ。勢いだけは、これまで鈴菜が見てきた男たちのセックスと遜《そん》色《しょく》はないだろう。

しかし、男たちと繋がり合っていた女たちが見せていたような愉悦の表情を、鈴菜は浮かべることはできなかった。

ピストンに合わせて、愛液の量は増えてきているけれど、やはり愛撫が足りていない。快感の前に、どうしても苦しさを感じてしまう。

結果——。

「くっ、出るっ！」

鈴菜が快感を覚えるよりも前に、来栖は射精を開始した。

「あっ……んっ……くんんっ」

下腹に精液の熱がひろがる。子宮が満たされていくのがわかる。

愛している男の射精だ。こんなに熱い汁を射精してくれるほどに、自分で感じてくれていると考えると、正直うれしい。幸せだとも思う。

しかし、これまで本当に気持ちよさそうな女性たちの姿を見てきたからか、どうしても、もの足りなさや不満のようなものを感じてしまう。

「はぁああ……最高だった」

鈴菜とは対照的に、来栖は満足そうだ。射精を終えた肉棒を引き抜くと、満足そうな表情で目を閉じ、そのまますぐに寝息を立てはじめた。鈴菜のことなどまるで気にはしていない。自分だけがよければ——そう言っても過言ではないような態度だ。

なんだか少し、来栖に対する腹立たしさのようなものを感じてしまう。

（でも……だけど……）

ここまで満足そうな来栖を見るのは久しぶりな気がする。やはり自分から積極的に口淫をするようになったおかげかもしれない。

(来栖君がこのまま私とのセックスで満足してくれれば……)

浮気をするようなことがなくなれば、自分が来栖以外の男と身体を重ねる必要はなくなる。セックスワークショップに参加した目的は果たせる。

(だから、これでいい……いいの……)

自分に言い聞かせた。

だが、数日後——。

「あれ……来栖君……」

学校からの帰り道、街で来栖を見かけた。駆けよって声をかけようとする。けれど途中で、鈴菜は足を止めた。

来栖が女と歩いていたからだ。腕も組んでいる。ヘラヘラした顔で楽しそうに女と話しながら、二人でホテル街のほうへと向かっていた。

鈴菜にできることは、ただ呆然とその光景を見つめつづけることだけだ。

(口でするだけじゃ、やっぱり……)

完全に来栖を満足させることはできないということなのだろうか。

「あんな光景……見たくないですよね」

背後から、いきなり声をかけられた。

「――へっ!?」

ビクッと身体を震わせ、驚きつつ振り返る。

「あ……果南さん……」

そこにいたのは、果南だった。

相変わらずのスーツ姿で、口もとには微笑を浮かべている。

「……どうしてここに？」

「偶然ですよ、偶然……それにしても、鈴菜さんの恋人の火遊びは収まっていないようですね」

女と二人で立ち去っていく来栖のうしろ姿を、果南が見つめる。

そんな果南の言葉にどう答えればいいかわからず、鈴菜は黙って俯いた。

「彼にああいうことをやめてほしいんですよね？」

「それは……その……はい……」

当然だ。

「ですよね。でしたら……今から二人でセックスワークショップを始めますか。彼を虜にする方法の学習を」

「学習って……なにを？」

「なにって……もう、鈴菜さんならわかっていますよね？」

果南は具体的なことを口にはしない。しかし、これまでの経験から、確かに彼女の言葉どおり、これからなにをしようとしているのかは簡単に想像することができた。

「……でも、私は来栖君を……」

「大丈夫。裏切りではありません。これは彼のためです。動かなければなにも変わりません。大丈夫です。私がついています。鈴菜さんが学べるようなお相手だって、私がしっかり選んであげます。ですから……ね」

耳もとで囁きを重ねる。

果南の言葉遣いは、相変わらずとても丁寧でやさしい。声音も歌っているかのように美しい。聞いているだけで、身も心も落ちついてくるような声だ。

だからなのだろうか。

「……はい」

気がつけば、鈴菜は頷いていた。

2

その日の夜、鈴菜はとあるホテルにいた。

ラブホテルやビジネスホテルなんかではない。高級そうなリゾートホテルの一室だ。自分と来栖が二人で暮らしている部屋よりも、はるかに広い一室である。広々とした窓から見えるのは、美しい街の夜景だった。

「お待たせしました」

ぼんやりとそれを見つめていると、部屋の戸が開き、果南が入ってきた。彼女の隣には男性がいる。年齢は四十代半ばくらいだろうか。オールバックの髪に、仕立てがよさそうなスーツ姿。体型はモデルみたいにスラリとしている——紳士という言葉がよく似合いそうな男性だ。

「えっと……そちらの方が……」

「はい、鈴菜さんのお相手です」

果南は笑顔で頷いた。

「敷島《しきしま》と言います。どうぞよろしく」

男性――敷島も笑みを浮かべた。

「えっと、あの……よ、よろしくお願いします」

慌てて頭を下げる。

これからすることを想像したせいか、緊張で言葉が震えてしまった。

「ふふ、そんなに硬くならなくていいですよ」

そんな鈴菜に、敷島がやさしい言葉を口にしながら近づいてくる。手を伸ばせば届くほどの距離に立った。

「えっと、あおの……その……」

こういうとき、なにを言えばいいのかがわからない。多少パニックになり、瞳を左右に何度も泳がせることとなってしまう。

「大丈夫です。大丈夫ですから」

すると敷島は、実に自然な動きで鈴菜の身体を抱きしめた。

「えっ……あっ……」

身体が、男の身体に包みこまれる。男の体温と、ゴツゴツした身体の感触が伝わってきた。

(なんか……逞しい……)

敷島の体型は細い。しかし、こうして抱きしめられると、スーツの上からでもハッキリとわかるくらいに引きしまっていることがわかった。同じように細いけれど、見た目どおりヒョロヒョロとしている来栖とはまるで違う。男らしさを感じさせる感触だった。

だからなのかはよくわからないけれど、少しだけ安心感のようなものを感じてしまう。女の本能とでも言うべきなのだろうか。

「初対面ですからね、緊張してしまうのはわかりますよ。でも、大丈夫。そんな緊張、すぐに私が消してあげます」

そう言うと、敷島は鈴菜のアゴに指を添えてきた。顔がクイッと上げられる。敷島を見あげるようなかたちになった。

「倉橋さんからお話を聞いたときは少し驚きましたが、ここに来てよかった」

こちらを見つめながら、敷島はそう口にすると——。

「んっ」

今日初めて会ったばかりだろうがお構いなしに、唇を重ねてきた。それも一度だけではない。何度となく口づけの雨を降らせてくる。しかもそれは、唇に対してだけではなかった。頬や額、それに首すじなどにも繰り返す。

口づけされるたび、口唇の温かな感触が身体に伝わってきた。

「あっ、ちょ……ちょっと……」

なんだかくすぐったさのようなものを感じ、身をよじり、なんとか敷島を止めようとする。

だが、男は止まらない。それどころか、こちらの反応をうれしそうに見つめていたかと思うと、改めて口唇に口唇を重ねてきたうえで、鈴菜の口内に舌を挿しこんできた。

「んっふ……はっちゅ……んちゅうう」

舌に舌がからみついてくる。

「ちょっ、あっ……んっちゅ……むちゅうう」

(これ、してる。しちゃってる……来栖君以外とキス……)

キスというのは恋人同士がする行為だ。愛している相手としかしてはならない行為だ。これまで以上に、強烈な罪悪感がふくれあがった。

だが、感じるものはそれだけではなかった。

「んんっ……ふっちゅる……んちゅるぅ……」

(ダメ。こんなのダメ……来栖君以外とキスなんてダメ……だけど……でも、なに、これ……このキス……すごく……うまい……気持ち……いいっ……）

舌で口内がかき混ぜられる。舌先で歯の一本一本をなぞられ、ときには舌粘膜同士を濃厚に重ね合わされた。口腔全体を激しく吸引される。まるで鈴菜のすべてを吸い出そうとしているかのような行為だ。

本能のままにただひたすら、乱暴に口内を吸いあげる来栖のキスとは違う。口腔のどこをどう弄《いじ》れば、どう吸えば、どう責めたてれば女が感じるのか――ということを知りつくしているかのような口づけだ。想像していた以上に強烈な愉悦が全身を駆けぬけていく。

「はっふ……んっんっ……はっちゅる……んちゅっる……ふちゅうう」

来栖との口づけが児戯に感じるような手なれたキスに、こんなことをしてはいけないと理性では理解しつつも、鼻にかかったような甘い吐息を漏らしてしまう。愉悦に流されるように、蠢く舌に合わせて、自分から舌を蠢かせるなどということまで……。

鈴菜のそうした動きを喜ぶように、敷島はより強く身体を抱きしめてきた。背中にまわされた手で圧迫される。身体を押しつぶされそうなほどに強い抱擁だ。だが、それがなんだか心地よい。自分が強く求められているかのような感覚に、なんだか喜びにも似た感情さえふくれあがった。

流されるように、自分からも敷島の身体を抱きしめてしまう。無意識のうちに、より強く自分から敷島に唇を重ねるなんてことまでしてしまった。

「ふふ、思っていた以上にかわいらしい人だ」

いったん、唇が離れる。

こちらを見つめながら、敷島はうれしそうに笑った。

そんな彼を、潤んだ瞳で見つめてしまう。

「その顔……キスがそんなに気持ちよかったですか？」

「えっ……あ……べ、別にそんなこと……」

気持ちよかった――否定できない事実だ。けれど、敷島は恋人ではない。来栖以外とのキスで感じてしまったなど、認められるはずがない。

「嘘をついても無駄ですよ」

だが、嘘は簡単に見破られてしまう。

「すぐに認めさせてあげますよ」

言葉とともに、敷島は再びキスをしてきた。

「んっふ……んんっ……ふちゅうう」

またしても口内がかき混ぜられる。激しく口腔が啜られる。より強く身体を抱きしめられてしまう。

（ダメ……感じるなんて……ダメ……でも、ああ……これ……すごい……）

抱き合いながら、強く口唇同士を重ねる――まるで、自分の身体と敷島の身体がドロドロに溶け合って、ひとつに混ざり合っていくような気さえするキスだ。頭がフワフワしてくる。感じてはダメという想いが、わきあがる熱さの中に蕩けていく。

（キスなのに……これ、唇を重ねてるだけなのに……なんか、私……）

来栖とのセックスでは感じたことがなかった愉悦がふくれあがる。津波のように快感が押しよせてくるとでも言うべきだろうか。抗わなければという想いが押し流されていく。

「はっちゅる……んちゅる……ちゅっぷる……んっじゅる……ふじゅるぅ……」

こちらが口づけによってどう感じているのか――それを理解しているかのように、敷島は舌の動きをより濃密なものに変える。それはただ吸引ばかりを繰り返しているだけではない。ときには鈴菜の口内に、自身の唾液を流しこんだりもした。

体液と体液を交換するようなキス――自分の身体が敷島に浸食されていくような気がする。恋人である来栖のものだったはずの身体が、敷島のものに塗りかえられていくような気がするほどの口づけだ。

（ダメなのに……ホントに……いけない……のに……こんな……私、キスだけでおかしくなる……変になっちゃいそう）

理性が溶けていく。

（こんな……私……簡単に……）

それとともにふくれあがったものは、強烈と言っても過言ではない快感だった。

（いい……これ、キス……よすぎて……私……キスだけで……）

抗うことなどできない。それどころか、むしろ刻まれる快感を積極的に受け入れるように、無意識ではあるけれど、自分からも改めて敷島の口腔を啜りあげた。

刹那、快感が弾《はじ》けた。閉じた視界が、一瞬黒から白に変わり——。

「んっ……んっんっ……んふううううっ」

抱きしめられたまま、唇を重ねたまま、ビクビクと身体を震わせる。ただの口づけでしかないというのに、軽くではあるけれど、鈴菜は間違いなく達してしまった。

「んんんっ……むふぅうう……はっふ……んんんっ……」

強張っていた全身から力が抜けていく。自分から敷島に、ぐったりと身を預けるようなかたちになった。

「キスだけで、イッてしまったみたいですね」

敷島が唇を離し、問いかける。

「え……あ……別に……そんなことは……」

向けられる視線から目を逸らしつつ、搾り出すように口にした。

「嘘をつく必要はありませんよ」

「でも……だけど……」

「……キスだけでイカされたことが恥ずかしいですか。ふふ、恥じることなどありませんよ。キスは気持ちがいいものです。イッて当然なんですよ」

「でも、だけど……」

来栖とのキスで、ここまでの快感を得たことなどない。これが当然とは思えない。

「そうですか……でしたら、認められるまでたくさん、たくさん……快感を刻んであげますね」

鈴菜のそうした反応に、敷島はあくまでも紳士的な表情を浮かべたまま、改めて口づけをしてくるのだった。

そして――。

「んっんっ、んふぅうう！」

鈴菜はキスによって何度も――。

「まった……あんんんっ、ふちゅううう！」

何度も――。

「んんんん！　イック……んっちゅ……はちゅ！　ふちゅうう！」

絶頂を刻みこまれるのだった。

「はふぅうう……もう、ダメぇええ……」

強烈な快感に、身体中が包みこまれる。全身から力が抜け、立っているのもつらい状況だった。

「ふふ、気持ちよかったでしょう？」

改めて問いかけが向けられる。

「それは……その……」

やはり、言葉につまった。

「は、はい……すごく……よかったです……」

しかし、今度は否定しない。頭がフワフワするような、たまらないほど心地よい感覚に流されるがままに、首を縦に振った。

「それはよかったです。ですが、これくらいで満足しないでくださいよ。本当に気持ちがいいのはここからなんですからね」

鈴菜の答えに、敷島はうれしそうな表情を浮かべるのだった。

3

「こんなの、恥ずかしすぎます」

服を脱がされた。全裸にされてしまう。来栖にしか見せたことがない生まれたままの姿を、初めて会ったばかりの男に曝《さら》け出した。そのうえでベッドに横になり、両脚を大きくひろげる。敷島に対して、思いきり秘部を見せつけるような体勢だ。先ほど達したせいか、秘部はすでに愛液に塗れてしまっている。秘裂は当然左右に開き、しっとりと蜜に塗れた肉花弁が剝き出しとなっていた。

マジマジと秘部を見つめられる。

来栖はセックスのとき、愛撫なんてしてくれない。ゆえに、こうして秘部をじっくりと観察されたなどということは、鈴菜にとっては初めての経験だ。どうしても羞恥を覚えることとなってしまう。

「見ないでください」

顔を真っ赤にしながら、必死に訴えた。

「すごくきれいですよ」

だが、敷島はこちらの願いなど聞いてはくれない。それどころか、実に楽しそうな表情を浮かべたかと思うと、ゆっくりと顔を花弁へと寄せてきた。

「あっ……んひんっ」

チュッと秘部に口づけされる。

口唇を押しつけられたとたん、ビリッと身体が痺れるような刺激が走った。明らかに快感をともなった感覚だ。反射的に肢体を震わせ、甘みを含んだ声を漏らすこととなってしまう。

「気持ちよさそうですね」

うれしそうに、敷島が笑った。

「そ、そんなこと……」

感じたのは事実だ。けれど、それを認めるのが怖い。

「嘘はダメですよ」

しかし、否定したところで意味などなかった。

敷島は楽しそうな表情を浮かべつつ、さらに秘部に口づけしてくる。先ほど唇にそうしたように、何度も何度も口づけの雨を降らせてきた。そのうえで、舌を伸ばして秘部を舐めまわしてくる。

「やっは！　あっ……んひんっ、それ……それは……あっあっ、んんん！」

舌の動きに合わせて、再び快感が流れこんできた。身体が震え、抑えられない嬌声を漏らすこととなってしまう。

（これ……いい。気持ちいい……こんな……え、これ……あそこをこうして舐められるのって……こんなに気持ちがよかったの？）

自分で自分を慰めるときよりも、さらに強い快感だ。自分の身体が蕩けていくような愉悦とでも言うべきだろうか。先ほど絶頂させられたキスよりも、さらに快楽は強烈なものだった。

（みんな……この感覚を味わってたんだ）

これまで見せつけられてきたセックスを思い出す。女性たちはみな、愛撫をされたとき、本当に心地よさそうな表情を浮かべていた。女の顔、牝の顔とでもいうべき顔だ。はしたないと言っても過言ではないだろう。

そのような顔をみなが浮かべてしまった気持ちがわかる気がする。

「はっく……んふぅう……あっは……はぁああ……はぁはぁはぁ……」

くねる敷島の舌の動きに合わせて、漏らしてしまう息はどんどん荒いものに変わっていった。自然と腰もくねくねと左右に揺れ動いてしまう。秘部からは多量の愛液が溢れ出し、自分でもわかるほど濃厚な発情臭まで漂いはじめた。

同時に全身が熱く火照りはじめる。白い肌が桃色に染まり、ジワリッと汗まで溢れ出しはじめた。

「これ……また、私……またっ」

再び達しそうになってしまう。

「イキそうですか。かまいませんよ。イッてください」

「でも……それは……だ、ダメです……」

このまま快感に流されたいという気持ちはある。ただ同時に、愉悦のままに達してしまうことを恥ずかしいと思ってしまう感情もあった。これまで人前で達したことなどほとんどなかったのだ。羞恥を覚えてしまうのも当然だろう。

「恥ずかしがってはダメですよ。ほら、素直になってください」

言葉とともに、敷島はさらに愛撫を濃厚なものに変えてくる。舌先で肉襞の一枚一枚を舐《ねぶ》りつつ、ときには指を膣口に挿しこみ、入口あたりを擦りあげるように刺激してきたりもした。

さらには、快感によって勃起してしまったクリトリスに口づけまでしてくる。口唇で陰核を挟んだかと思うと、そのままジュルジュルと、下品な音色を響かせて吸いあげたりもしてきた。

「あっあっ、そこは……んひんん！　やっ、我慢……無理！　い、イクッ！　私……わたし……あああっ、イッちゃいます！　それ……すごすぎて！　やめて！　やめてください！　本当にイッちゃいますからぁ」

強烈な快感がふくれあがる。これまで感じたこともないレベルの肉悦だ。気持ちはいいけれど、恥ずかしさ、それに怖ささえも覚えてしまう。

「見せてください、あなたがイク姿を」

だが、なにを口にしても、敷島は止まらない。それどころか、陰核を転がすように舌で刺激しつつ、同時に指を挿入し、グッチュグッチュと抽挿までしてきた。

「はっふ……んんん！　ダッメ……あああ、こんな……すごい！　初めて！　こんなの初めて！　もう……ホントに……私……わたしぃい！」

抑えがたいほどの肉悦に、自分のすべてが包みこまれる。恥ずかしいから我慢しなければという想いさえも溶けていく強烈な肉悦に、狂ったように身悶えながら――。

「あっあっあっ……あはぁあああああ」

絶頂に至った。

腰を浮かせ、部屋中に嬌声を響かせる。秘部からはブシュッとまるで失禁のように愛液を飛び散らせた。

「んはぁあ……はぁはぁはぁ……」

全身が脱力する。足を蟹股《がにまた》に開き、股間をグショグショにした状態で、繰り返し肩で息をした。このまま目を閉じて、眠ってしまいたい——などということさえ考えてしまう。

だが、感じるものはそれだけではなかった。

同時に思ってしまう。これまで感じたことがないほどの快感で達したばかりだというのに、なにかまだもの足りない——とも。

身体になにかぽっかりと穴が空いているような気がしてしまう。だから、そこを満たしてほしい。足りない部分を埋めてほしい——などという感情がふくれあがる。

それを訴えるように、縋るような視線を無意識のうちに敷島へと向けた。それとともに、腰をくねくねと左右に振ったりもしてしまう。

「欲しいんですね」

こちらの求めに、敷島が気づく。

「へっ……あ、別に……そんなことは……」

言葉にされたことで、初めて自分の行動の恥ずかしさに気づいた。慌てて否定の言葉を口にする。

「別に否定する必要なんかありません。なにも恥ずかしいことじゃない。欲しいと思ってしまうのは当然のことです。それに……私も気持ちは同じですから」

そう言うと、男は躊躇することなく、身に着けていた服をすべて脱ぎ捨て、全裸になった。もちろん、股間部も剝き出しだ。

「あっ……大きい……」

鈴菜の視界に映りこんだペニスは、すでにガチガチに勃起していた。長さは十五センチほどに見える。太さは、指三本分はありそうな感じだ。包皮は捲れ、ふくれあがった亀頭が露出している。赤黒い先端部、大きく開いたカリ首——来栖のかわいらしい一物と比べると、まるで凶器のようにさえ見える逞しい肉槍だった。

「私ももう我慢できません。だから……入れますよ」

「入れるって……む、無理ですよ。そんな大きいの……入るわけないです」

鈴菜が知っているのは来栖のモノだけである。アレよりもひとまわりも大きなペニスが入るとは思えない。アソコが裂けてしまってもおかしくない気がする。

「大丈夫ですよ、鈴菜さん。女の身体は赤ちゃんだって産めるのです。だから、大丈夫……安心して受け入れてください」

ためらう鈴菜に、これまで行為をただ観察していた果南が囁いた。

「で、でも、やっぱり私には……」

愛する恋人だっている。

「敷島さんのモノを受け入れれば、新しい世界が開けます。あなたはこれまで知らなかったセックスを知ることができる。それは……恋人のためにもなることです。すべては愛する人のため……だから、受け入れてください。あなただって……欲しいのでしょ？」

「そ、それは……」

改めてペニスを見る。

呼吸するようにヒクヒク蠢くそれはやはり大きい。きっと、蜜壺すべてが満たされることだろう。

(アレを入れたら……どんな感じがするんだろう？)

来栖とするときのように、やはり痛みを感じることになるのだろうか——と思う。

ただ同時に、たぶんそんなことはありえないとも考える。

きっと気持ちがいい。きっと、この下腹に、蜜壺に感じているもどかしさを満足させてくれる——これまでセックスで快感を覚えたことなんかないというのに、なぜかそう思える。

「大切な人のためです」

もう一度、果南が改めて囁いた。

(来栖君のため……)

そうだ。確かにそのとおりだ。

来栖に自分を見てもらうため、自分だけを愛してもらうため——そのためにここに来たのだ。それなのにここでやめてしまったら、ただただ、無駄に彼を裏切ったことになってしまう。そんなのは絶対にダメだ。

であるのならば——。

「ふうううっ」

大きく吐息を漏らしつつ、無言でより足を大きく左右に開いてみせた。花弁からはジュワアッと愛液を分泌させる。

そうした動きだけで、こちらの意図を敷島は察してくれた。

「最高の快感を刻んであげますね」

言葉とともに、グチュリッと肉先を膣口に密着させる。

「あっ……熱いっ」

熱が伝わってきた。あそこが火傷《やけど》してしまいそうなほどに熱い。来栖のモノとは比べものにならないレベルと言っていいかもしれない。

(これ、触っただけなのに……気持ちいい……)

密着する肉棒の感触だけで、自分のすべてが蕩けていくような気がする。これを入れたらどれだけ気持ちがいいのだろうか。考えるだけで、身体がより火照り、秘部が疼いた。

そうした想いを訴えるように、密着した肉先に肉襞が吸いついていく。入れてほしい。早く奥まで蹂躙《じゅうりん》してほしい――そう訴えるような蠢きだ。

そんな想いに応えるように、敷島はためらうことなく、腰を突き出してきた。

「あっあっ、はぁあああ!」

ジュズブウッと巨棒が膣口を押し開き、子宮口に届くほど奥にまで侵入してくる。

膣道が拡張される。内臓が内側から圧迫される。塞がれているのは膣口だというのに、まるで口を塞がれているかのような息苦しささえ感じた。

だが、ただ苦しいだけではない。いや、むしろそれ以上に――。

「ひろげられてる……私の中が……ああっ、いいっ、これ……なんか……気持ち、いいっ、んっひ！　はひんんっ、はぁっはぁっはぁっ……んはぁあああああ……あっあっあっ……」

恋人ではない男とのセックスだ。しかし、刻まれる愉悦を否定することができない。

「これ……気持ちいい……こんなの、初めて……」

蜜壺が敷島の形に変えられていく。これまで来栖のものだった自分の身体が、敷島のものに変えられていくような感覚だ。それがたまらなく心地よい。入れただけだというのに、刻まれる快感は、来栖とのセックスとは比べものにならないほどに強烈なものだった。

「すごい……これ、すごいっ。これが……んん！　これが……セックス!?」

「そうです。その快感こそが本当のセックスですよ」

「知らなかった……こんなの……知らなかったぁあ！　あっあっ……あはぁああ！　いいっ、すごっく……いいっ！」

素直に何度も性感を口にしてしまう。

「ふふ、その顔、その声……本当に感じていることがわかります。私までうれしくなってしまいますよ。ですが、その程度で満足しないでくださいね。本当に気持ちがいいのはここからなんですから」

「ここ……から？」

「そうですよ。ふふ……敷島さん、お願いしますね」

「もちろん、わかってますよ」

頷くと同時に、敷島は腰を振りはじめた。

入れるだけでは満足できないというように、肉槍を抽挿させる。大きく開いたカリ首でゴリゴリ削るように膣道を擦りあげつつ、ふくれあがった亀頭で子宮口を何度もノックするようにたたいた。

「あっひ、んひんん！　当たる！　これ！　奥！　いちばん奥に当たってる！　嘘！　こんな……こんな所、突かれるの……初めてぇ！　あっあっあっ、だ、ダメ！　なんか、これ……なんか変になる！　私……おかしくなっちゃうかもぉ！」

亀頭と子宮口がキスをしているような感覚だ。

ズンズンッと内臓が押しつぶされてしまうのではないか——などと考えてしまうような強烈な刺激が、ピストンに合わせて身体に刻みこまれる。肢体が当然のように揺さぶられることとなった。それに合わせてチカッチカッと視界が明滅するような強烈な愉悦をともなった刺激が走る。それは先ほどされた愛撫以上に心地よい感覚だ。頭の中を直接かき混ぜられているような気さえしてしまう。それが最高に心地よい。これまでのセックスなんて本当にただの児戯でしかなかったのだとさえ思えてしまうレベルの快楽だった。

「こんなの……気持ち……んんん！　気持ちよすぎて……私……簡単に、すぐにぃ」

数度膣奥を突かれるだけで、絶頂しそうになる。

「いいですよ。イキたいのならばイッてください。私も……ふううう、あなたの中が気持ちよすぎるせいで、我慢できそうにないですからね。ですから……遠慮なく」

ふくれあがる愉悦をあと押しするように、敷島がピストンの速度を上げる。同時にペニスをひと突きごとにふくれあがらせた。ビクビクとペニス全体を激しく震わせたりもする。そうした変化が膣壁越しに伝わってきた。

「大きくなってる！　いいっ。おち×ちんに合わせて……気持ちいいのも……もっとすごく！　あっあっ、こんな……こんなになんて！」

肉棒の肥大化に比例して、性感もふくれあがる。

それを言葉だけではなく、身体でも訴えるように、抽挿に合わせて鈴菜のほうからも腰を振りはじめた。いや、ただ腰を振るだけでは終わらない。膣奥を突かれるたびに蜜壺を収縮させ、ギユッギュッギュッとペニスを締めつける。それはまるで肉槍から精液を搾り出そうとしているかのようですらあった。

それがよほど心地よかったのか、敷島はうっとりとした表情を浮かべつつ、鈴菜の身体をギュッと強く抱きしめてきたかと思うと、唇に唇を重ねてきた。

「ンンンッ、はふんんっ」

性器と唇――ふたつの肉穴で繋がり合う。当然、舌が口内に侵入してきた。口腔がかき混ぜられる。口を激しく吸いたてられる。

(すごい……私の全部が敷島さんと繋がっているみたい……私の全部が……満たされてくみたい……ああ、これ……好き……この感じ……好きぃ)

相手が来栖ではないことも忘れて、幸福感さえ覚えてしまった。

それを訴えるように挿しこまれた舌に、自分からも舌をからみつかせる。自分からも強く口唇を敷島に押しつけると、激しく口腔を吸引した。敷島の唾液を吸いあげ、喉を上下させてそれを嚥下する。自分の身体が敷島の色に塗りかえられていくような感覚だ。それがなんだかうれしい。

そうした鈴菜からの求めがよほど心地よかったのだろうか。敷島はせつなげな表情を浮かべたかと思うと――。

「くうううっ」

という呻《うめ》き声を漏らすとともに、これまで以上に深くにまで肉棒を突き入れてきた。

「くひぃいいいっ！」

子宮が歪んでしまうのではないかと思うほどのひと突きに、一瞬思考が飛ぶ。

同時に射精が始まった。敷島の熱い汁が子宮に、膣に、流しこまれる。

「んんんっ、くふんんんっ」

（出てる！　熱いのが私の中に……出てる！　ああ、染みこんでくる。これ、すごい量……来栖君のより多いのわかる……多くて……熱くて……）

敷島の色に自分が変えられていく。来栖のものだったはずの自分が、別のものにされていく――なんだか怖ささえ感じる感覚だ。だが、恐怖以上に、そんな背徳感をともなった感覚に心地よさを覚えてしまう。

（ダメ……私……もうっ……）

抗うことなどできるわけがなかった。

「い……イクッ。んんんっ、い……くぅううううっ！」

快感が爆発する。

自分から敷島の背中に手をまわし、両脚で彼の腰を挟みこみ、より腰を突きあげて、これまで以上に肉棒を膣奥まで咥えこみながら――。

「あっあっあっ……はぁあああああ……」

強烈な快感に歓喜の悲鳴を漏らしつつ、快感に肢体を震わせた。

(いい……気持ち……いい……)

ひたすら愉悦に溺れる。

伝わってくる敷島の精液の熱さや、逞しい身体の感触が、一瞬すべてを忘れさせてくれるくらいに心地よかった。

「ふう、最高でしたよ」

やがて、射精を終えた敷島が自分から離れていく。ジュボンッとペニスも引き抜かれた。膣口からは白濁液が溢れ出し、シーツに染みこむ。

(こぼれちゃってる……)

なんだかもったいないと思ってしまう。

「どうですか。気持ちよかったですか？」

囁くように、果南が問いかけてくる。

「すごく……よかったです」

そんな彼女に対し、素直に頷いた。

「それはよかったです。ですが、これで満足しないでくださいね」

「えっ……それって……どういう……」

「セックスの勉強は始まったばかりということです。これから、もっともっと、たくさんの人に気持ちよくしてもらいましょうね」

果南が笑みを向けた。

そんな彼女の言葉に――。

「それが……来栖君のためなんですよね？」

問いかけつつ、ジュワアアッと愛液をまたしても分泌させてしまう鈴菜なのだった……。

4

それから毎日のように、鈴菜は様々な男たちに抱かれた。

来栖に対する罪悪感はある。裏切りたくはないという気持ちだってある。しかし、一度してしまった以上、やめるわけにはいかなかった。来栖が満足してくれるようなセックスができるようにならなければ、本当にただ浮気をしただけで終わってしまうからだ。

だからこそ、鈴菜は果南が連れてきた男たちと、積極的に身体を重ねた。

「よろしくお願いします」

まじめそうな男性が頭を下げる。年は自分と同い年くらいの、お堅そうな顔をした青年だ。

「こちらこそ……その、よろしくです」

おとなしそうな見た目の相手に、緊張しつつも少しだけ安堵《あんど》する。

だが、男は見た目に反して積極的だった。

鈴菜の挨拶が終わるやいなや、いきなりこちらの身体を抱きしめてきたかと思うと、当然のようにキスをしてきた。口内に舌を挿しこみ、口の中をかき混ぜてくる。敷島のような技巧のあるキスではない。どちらかと言えば来栖に似た、本能のままにといった感じの口づけだった。

ただ、来栖よりもさらに勢いがある。ただ口腔を蹂躙することしか考えていないようなキスだ。乱暴に口の中をめちゃくちゃにかき混ぜられる。発情した獣と言って過言ではない勢いがある口づけだった。

正直、怖ささえも覚えてしまう。

しかし、それだけではない。

恐怖を感じつつも、同時にこれほどまでに興奮するレベルで自分を求めてくれているのだと考えると、なんだか女としてうれしさのようなものも感じてしまう。

そのためなのか、キスの激しさに比例するように、どんどん身体が熱くなる。口づけだけで、秘部からは愛液が溢れ出した。

それを理解しているかのように、男はキスを続けつつ、器用に鈴菜の服を脱がせた。またしても来栖以外の男に生まれたままの肢体を見せることとなってしまう。剝き出しになる乳房と秘部、それを見て、男は鼻息を荒くしつつ、自分も服を脱ぎ、勃起したペニスを曝け出した。

弓のように反り返った肉槍が視界に映りこむ。やはり来栖より大きい。敷島のモノと比べると太さは足りないけれど、長さはあるといった感じだろうか。自分のどの辺まで入ってくるのかを想像してしまう。間違いなく子宮には当たるだろう。とたんに敷島とのセックスで刻まれた快感が蘇《よみがえ》ってきた。来栖との行為では決して覚えることができなかったあの愉悦が……。

もしかしたら、またアレと似た感覚を味わえるかもしれない——そう考えると、なんだか喉が渇き、思わずゴクリッと息を吞んでしまった。

「そこに四つん這いになってください。俺に尻を突き出して」

男が命じる。相変わらず口調は丁寧だ。しかし、有無を言わさない迫力がある。

押し流されるように、ベッドの上で四つん這いになった。

プリッと張りのある尻を男に対して突き出すような体勢となる。

(こんな格好……恥ずかしすぎる)

今まで正常位でしかセックスをしたことはなかった。犬のような格好で、男に対して自分の性器を見せつけるなんて初めてのことだ。これまで感じたことがないほどの羞恥がふくれあがる。できることならば、逃げ出したいとさえ思ってしまうほどだ。

ただ同時に、この体勢でするセックスは、いったい、どんな感覚なのだろうか——ということを考えてしまう。

届き方が変わるのか。当たる場所が変わるのか。快感も大きくなるのだろうか。期待さえしてしまう。

そのためか、花弁は淫らに開き、溢れ出す蜜の量も増えていた。

どうしても期待がふくれあがる。男はそれを理解しているように近づいてくると、秘部に顔を寄せ、そうすることが当然というように敏感部を舐めまわした。ヒダヒダを舌先で舐りつつ、指で陰核を転がす。ときには手を伸ばし、胸をこねくりまわすように揉みしだくなんてこともしてきた。獣のように興奮しつつも、しっかりと愛撫を刻む。

肉体はそんな愛撫に、過敏に反応してしまう。舌を蠢かされるたび、乳房を揉まれ、クリトリスを刺激されるたび、全身が、思考が蕩けそうなほどの愉悦が走った。

愛液の量は、どんどん増えてくる。比例するように、下腹にもどかしさのような感覚がひろがっていった。愛撫されるのは気持ちがいい。しかし、これだけでは足りない——敷島とのセックスを経験したせいか、そのようなことを考えてしまう。そうした本能を訴えるように、ほとんど無意識のうちに尻を左右に振ったりもしてしまった。牡に媚《こ》びる牝のような動きだ。

その動きに男は気づく。秘部に密着させていた唇を離すと、鈴菜の欲望に応えるように、肉棒を秘部に密着させてきた。

膣口に肉槍の熱が伝わってくる。それだけで軽く達してしまいそうなほどに心地よい。膣口がクパアッと大きく開いた。同時に、自分からペニスにより強く秘部を押しつけるなどということさえしてしまった。全身で男を求めてしまう。

男はそれに応えるように、躊躇することなく、腰を突き出してきた。

「んっあ！　はっ、んひんっ、あっあっ、はぁあああ！」

根元まで肉棒を突きこんでくる。

膣口が押し開かれた。身体に杭《くい》を穿《うが》たれるような感覚が走る。肉棒の大きさに息苦しさを感じた。もちろん苦しさだけでは終わらない。すぐさま、甘く痺れるような愉悦が走る。

「ああ……これ、これっ、んんん！　気持ちいいっ！」

否定できないほど強烈な肉悦が走る。自然と口を開き、歓喜の吐息を響かせた。

男を歓迎するように、肉壺全体を収縮させて、ペニスをきつく締めつける。

すると男はそうした反応に歓喜するように、すぐさま腰を振りはじめた。それこそ獣の交尾のような勢いで、鈴菜の尻に腰を激しく打ちつける。パンパンパンッという音色が響くほどの勢いだ。

「あうっ、あうっ、あうぅううっ！」

身体が前後に揺さぶられるほどの突きこみに、ただただ愉悦の悲鳴を響かせる。ピストンに合わせて乳房を揺れ動かし、汗を飛び散らせた。

（これ……すごい！　気持ちよすぎる。すごすぎて……死んじゃいそう！）

突き殺されてしまうのではないかと本気思ってしまうくらいに激しい抽挿が、たまらなく心地よい。

そうした快感を「ああ……いいっ、いいっ」という言葉で伝えるだけではなく、自分からも突きこみに合わせて腰を振った。

「そうです。その調子です。でも、ただ腰を振るだけじゃダメですよ。奥まで咥えこむたび、ギュッギュッておち×ちんを締めつけてあげてくださいね」

激しいセックスを室内で見ていた果南が囁く。

「どうすれば、男を喜ばせることができるのか——しっかり学ばないと意味がないですからね」

それは確かにそのとおりだと思う。

あくまでもこれは来栖のためにしていることなのだ。学びがなければただの浮気と同じだ。だからこそ——。

「んっく！　んんんっ、どう……これで……どうですか？」

無意識でするのではない。自分ではっきり意図して下腹を締める。挿しこまれた肉棒にヒダヒダをからみつかせ、肉茎全体を絞るように刺激した。子宮口を亀頭に吸いつかせたりもする。射精してほしい。熱いものを流しこんでほしい——性器すべてでそうねだった。

それがよほど心地よかったのか「おおお」と男は唸《うな》るような声をあげたかと思うと、鈴菜の想いに応えるように、膣内に多量の白濁液を撃ち放った。

「来た！　あああ……熱いの！　んんん！　いい！　イクッ！　なか……満たされる

の……いいっ。イック！　これ、気持ちいい！　気持ちよすぎて……あっあっ……私……わた、しも……んっあ！　はぁああ！　あっあっあっ……はぁああ！」

蜜壺すべてが熱汁で満たされる。同時に、強烈な性感がひろがった。抗うことなどできない。濁流のように流れこむ愉悦に流されるがまま、鈴菜は絶頂に至った。

背すじを反らし、全身をビクつかせながら、咥えこんだ肉槍をより強く締めつける。

「いひ……気持ち……いひ……あああ……はぁあああ……」

結合部から注がれた白濁液をこぼしながら、眉間に皺を寄せ、唇を半開きにし、熱い吐息を響きわたらせた。


そんなセックスが続く。

「その……えっと、あの……よろしくお願いします」

新しい男は年下の少年だった。

「この子……童貞らしいのです。ですから、しっかりセックスを教えてあげてくださいね。最高の初めてをお願いしますよ」

少年を連れてきた果南が微笑みを向ける。

「初めて……ですか……でも……その……」

最高の――と言われても自信がない。

「大丈夫です。これまでいろいろ見てきたでしょう。いろいろ経験してきたでしょう。それを思い出せば、なにも怖いことなんかありません。鈴菜さんにならできますよ」

「これまでの……」

夏美と犀川夫妻のセックスを思い出す。初めてしたフェラチオを思い出す。詩音のことを思い出す。それに、ここ最近のセックスのことだって……。

「わかりました」

なにをすべきか、それは学べている気がした。

だから――。

「ジッとしていてね」

まずは少年にそう囁くと、緊張感を覚えつつも、ゆっくりと顔を近づけ、自分からキスをした。

「はっちゅる……んちゅる……」

舌だって挿しこむ。自分から積極的に少年の口内をねっとりとした動きでかき混ぜた。果南と出会ってから、キスの回数はこれまでとは比べものにならないほど増えている。そのおかげで、どこをどう刺激すれば相手が感じるのか、自分が気持ちよくなれるのかをしっかり学ぶことができた。

下品な音色が響いてしまうけれど、気にすることなく、少年の口内をかき混ぜつづける。少年の唾液を吸い、自分のほうからも注ぎこんだりした。

そうしたキスを続けつつ、少年の下半身に手を伸ばす。股間に触れると、ガチガチに勃起しているだろう肉棒の感触が、ズボン越しにも伝わってきた。その熱で指先が火傷しそうなくらいだ。ビクビクという震えも伝わってくる。

これほどまでに自分とのキスで興奮してくれているのだ——そう考えると、自然と鈴菜の身体も火照ってくる。

それとともに、もっと興奮させたい、気持ちよくさせてやりたい——という想いがふくれあがる。そんな劣情に逆らうことなく、口づけをより濃厚なものに変えつつ、少年のズボンへと手を挿しこんだ。直接ペニスに触れる。もちろん、触れるだけでは終わらない。

指先でゆっくりと、じっとりと肉茎をなぞりあげ、亀頭部をやさしく撫であげた。肉先秘裂を指先で上下に擦りあげたりする。

「あっ……だ、ダメっ！」

童貞少年にはそれだけでも十分な刺激となったらしい。少年は肉棒と全身を激しくビクつかせると、あっさり射精した。ドクドクと脈打つ肉槍から放たれる白濁液によって、鈴菜の手のひらはあっという間に精液まみれにされてしまう。

ズボンから手を引き抜き、自分の手を見た。

ゼリーのように濃厚な汁まみれだ。

「ああ……その……ごめんなさい」

少年が申しわけなさそうに謝罪する。

「大丈夫だよ。大丈夫……謝る必要なんかないから」

安心させるように微笑んだ。

「言葉だけではなくて行動でも、安心と興奮を与えてあげてください」

果南が囁く。

「安心と興奮?」

「その精液を……舐めて、飲んでみせてあげるのです」

「これを……」

改めて精液を見る。

白いけれど、ところどころ黄ばんでいる汁だ。若いからなのか、臭いもこれまで嗅いできたものよりも濃密に感じる。嗅ぐだけで頭がクラクラするレベルだ。生々しく、青くさい味がすることは間違いないだろう。絶対おいしいとは言えないはずだ。それくらいのことはわかる。

だが、それでも――。

「んっちゅ……ふちゅれろぉ……」

躊躇することなく、鈴菜は自分の指にからみついた精液を舐めた。頬を窄めてジュルジュルと啜ってみせる。とたんに、口内に苦みをともなった生ぐさい味がひろがった。思ったとおりおいしくはない。すぐに吐き出したいとさえ思ってしまう味である。

けれど、吐き出す気にはならなかった。

精液を舐め取る自分を、先ほどまで申しわけなさそうにしていた少年が、牡の目で見つめてきているからだ。

呆然とこちらを見る顔――そこには間違いなく、喜びと劣情の色が浮かんでいた。

こんな顔をするほど自分に興奮してくれていると考えると、なんだかうれしくなってしまう。女としての悦《よろこ》びを感じてしまう。だからなのか、行為を中断しようとは思わなかった。

それどころか、より見せつけるように、指の一本一本を丁寧に舐めしゃぶっていく。喉を上下させて、白濁液を嚥下していく。

鈴菜のそうした淫靡な姿に、少年の息はどんどん荒いものに変わっていった。同時に、ズボン越しにわかるほど肉棒を屹立させていく。射精直後とは思えないくらいに、ガチガチになっていることは間違いないだろう。

「すごく硬くなってるみたいだね……したいの？」

少年にやさしく問いかける。

「したい……です」

どこまでも素直に、少年は頷いた。

「そっか……それじゃあ……」

してあげたい。気持ちよくさせてあげたい。童貞を卒業させてあげたい——想いがどんどんふくれあがる。そうした感情に抗いはしない。なぜならば、これも間違いなく、来栖のためだから——という想いを免罪符に、少年の身体をベッドに押し倒した。

そのまま、少年の服を脱がせる。ビョンッと、跳ねあがるように肉棒が露になった。ペニスにはべっとりと精液がこびりついている。若いからなのか、匂いはこれまで見てきたどんな男のものよりも濃厚だ。本当に少年にしか見えないというのに、香りはどこまでも牡である。鼻腔をくすぐる精の匂いに、キュンキュンと下腹が疼いた。

劣情がふくれあがる。

流されるように、下腹に唇を寄せると、ペニスにこびりついた精液をすべて舌で舐め取った。

「あっ……すごい！　そんなの……またすぐに！」

舌で少し刺激するだけで、少年はすぐさま射精を訴える。

「出そう……それじゃあ……今度は、こっちに……」

このまま射精させてもいいかと思ったけれど、濃厚な童貞少年の牡汁を自分の身体で受け止めてみたいという想いがわきあがった。そうした感情に逆らうことなく、自分も身に着けていた衣服を脱ぎ捨てる。

乳房や秘部を露にすると、少年が食い入るような視線を向けてきた。舐めまわすように、こちらの全身を見つめている。見られているだけで犯されているような気分になる視線だ。

思わずゴクッと息を呑みつつ、少年に跨がる。

ここからどうすべきか——これまで果南が何度もセックスを見せてくれたおかげで、理解できている。得てきた経験は無駄にはなっていない。

少年のペニスを手でつかみ、角度を整える。腰を落として膣口を肉先に密着させると、そのまま流れるような動きで肉槍を蜜壺で呑みこんでいった。

「あっ、あぁぁあああ!」

少年が泣き出しそうな表情を浮かべて、愉悦の声を漏らす。

こんな声を漏らさせるほどに、自分が感じさせているのだ——そう考えると、全身がゾクゾクと震えた。愉悦を覚えつつ、根元までペニスを呑みこむ。

「これ……すごいです！　すごすぎです！　こんなの……こんな、すぐに……僕！」

少年の全身が、ペニスが、激しく痙攣した。ビクつきが膣壁越しに伝わってくる。

それが心地よくて「あはぁああ……」と、思わず熱い吐息を漏らしつつ「いいよ。出したいなら……いつでも出していいからね」と、口にするとともに、少年の唇に自身の唇を重ねた。

「んっふ……はっちゅ……んちゅうう」

改めて少年の口内をかき混ぜる。

同時に蜜壺全体を収縮させ、きつくペニスを締めつけた。そのうえで、自分から腰を振りはじめる。騎乗位で、男を犯すように腰を振るなんて、初めての行為だ。なんだか背徳的な気分になってくる。

「感じて……たくさん気持ちよくなってね」

教えてあげたい。もっともっと快感を——という気持ちがどうしようもないくらいにふくれあがった。

全身でそれを訴えるように、腰を何度も打ちつける。ベッドが軋むほどの勢いで、繰り返し膣壁で肉槍を擦りあげた。

「で……出る！　我慢……無理っ！」

少年が叫ぶ。

「いいよ……来て！　出して」

少年の耳を本能の赴くままに舌で舐りながら、射精を求めた。

「あっあっ、はぁあああ！」

そんな濃厚な行為にあと押しされるように、少年は射精を開始する。肉棒を激しく痙攣させせながら、一度目の射精よりもさらに多量の白濁液を鈴菜の子宮へとドクドクと注ぎこんできた。

「んんん！　出てる……あっあっ……熱いので満たされる……あああ……これ、私も……んっは……あふあっ、あっあっ……あんんんっ」

特に愛撫を受けたわけではない。童貞だった少年に技巧なんてあるわけがない。しかし、自分から少年を犯したという状況に興奮したためか、膣に染みこむ精液の熱を感じるだけで、肉体はあっという間に限界へと押しあげられる。少年と繋がり合ったまま、膣内で脈動を続けるペニスとシンクロするように、鈴菜も肢体を震わせて、絶頂の嬌声を響かせた。

「はふうう……どう、気持ち……よかった？」

快感の余韻に浸りつつ、少年に問う。

「はい……すごく……すごくよかったです」

今にも泣きそうな顔で少年は頷いてくれた。

その顔がなんだかとても愛おしくて、かわいらしいものに見えた。だからだとうか、キュンと下腹が疼いてしまう。もっとこの少年を感じさせたいというように、蜜壷全体を収縮させ、改めてペニスを締めつけた。

「あっ、はぁあああ」

少年は過敏に反応する。

再び悲鳴を漏らすとともに、射精を終えたばかりの肉棒をまたしても硬く、熱く、屹立させた。

「これ……まだ硬い……もっと……んふうう……射精したいの？」

囁くように問う。

すると少年は、何度も首を縦に振った。

「そっか……それじゃあ、もっともっと、気持ちよくさせてあげるね」

これは必要なこと。男を喜ばせる術を学ぶため、来栖のためにやらなければならないこと。だから、だから……。

「はっふ……んんんっ、あっあっ……はぁあああ……」

頭の中で言いわけを繰り返しながら、再び鈴菜は腰を振りはじめるのだった。


またあるときは――。

「え……そこは違いますよ」

果南が逆ナンパした会社員ふうの男が、鈴菜の肛門にペニスを密着させてきた。入れる穴が違う――と、思わず驚いてしまう。

「いつもとは違う刺激、違うセックスもできるようになれば、もっと男性を喜ばせることができます。これは必要なことですよ」

「え、でも……」

果南が安心させるように囁くけれど、さすがに戸惑ってしまう。

「大丈夫……あなたも気持ちよくなれますからね」

鈴菜の惑いなど気にせず、果南は笑った。

それに合わせるように男が腰を突き出してくる。

「んっ、おっ、あっ、おっおっ……んぉおおおっ！」

メリメリと肛門が拡張された。本来排泄《はいせつ》するためだけの器官を、異物が逆流してくる。ふだん、膣にペニスを挿しこまれたとき以上の圧迫感を覚えた。結合部を中心に、身体がふたつに引き裂かれてしまうのではないか——などということさえ考えてしまうほどの圧力に、獣のような悲鳴さえ漏らしてしまう。

「無理！　こんな……無理ぃ！　壊れる！　私が……おっおっ、壊れ……ちゃうぅぅう！　あおお！　んぉおおっ！」

「大丈夫、人の身体——特に女の身体は丈夫です。この程度で壊れたりはしませんよ。それどころか、すぐに気持ちよくなれます。鈴菜さんの身体は普通の人より敏感みたいですからね」

「そ、そんなわけ……」

確かにここ数日のセックスではすぐに快感を覚えることができた。けれど、来栖との行為で感じたことはない。そんな自分が敏感だとは思えない。

だが、しかし——。

「おおおっ、嘘っ！　嘘ぉおおっ、おんっおんっ……おんんんっ、こっれ、これ……

んひいい！　いいっ、気持ちいい！　お尻！　お尻なのに……気持ち、いひぃいい！　んぉお！　ふほぉおおっ！」

男がピストンを開始してしばらくすると、果南の言葉どおり快感を覚えてしまう自分がいた。

我慢に我慢を重ねたときの排泄に感じる心地よさ——それを何度も肉体に刻まれるような感覚がたまらない。

「こんな……お尻って……んひぃいい！　こんなに……おおお！　こんなに気持ちよく！　ふっひ！　んひぉおお！　おんっおんっ……おんんっ、こんなの簡単に……お尻なのに、私……簡単にぃい！」

肉体はあっさりと絶頂に向かってしまう。

「我慢は必要ありません。そのままイッてください」

「はふうう！　恥ずかしい！　お尻でなんて恥ずかしい……のに！　おおお！　ダメ！　こんなの……すごすぎてぇ！」

我慢しなければという想いさえも蕩けていく。

そんな鈴菜にトドメを刺すように、男はドジュンッと根元まで直腸に肉槍を打ちこんできたかと思うと、ためらうことなく射精を開始した。ドクドクと尻に多量の白濁液を注ぎこまれる。胎内にひろがる熱が快感へと変換される。

「おっおっ、イクッ！　お尻で……イクッ。ふほぉお！　いいっ！　いいの……これ、よくて……イクッ！　イクイク──イクぅうっ！」

性感に抗うことなどできなかった。弾ける快感に流されるがままに、絶頂に至る。尻で男と繋がり合いながら、肉悦に打ち震えた。

それからも、ひたすら男たちと身体を重ねつづけた。

果南が見つくろってきた男たちばかりとではない。ときには「鈴菜さんがお相手を選んでください」という果南の言葉に従い、緊張しつつも自分から男に声をかけたりもした。

ときには──。

「本当にいいの？」

「二人相手なんて大丈夫？」

「はい……大丈夫です。その……よろしくお願いします」

男二人に自分一人というセックスもした。

全裸になった二人の男に挟みこまれる。一人の男に四つん這いで犯されながら、もう一人の男のモノをしゃぶった。

さらには――。

「ふほぉおおっ、すっごい！　お尻……それにおま×こ……両方同時！　これ、すごい！　んぉおおっ、すごすぎるぅ！　おおお！　んぉおおおっ！」

膣と肛門、ふたつの穴に、同時に肉棒を迎え入れるなんてことまでした。

二人の男のピストンを一人で受け止める。

「こんなの死ぬ！　本当に私……死んじゃいそう！　あああ、でも……それがいい！　それが本当に……気持ち、いいっ！」

身体が男たちによって、つぶされてしまうのではないかとさえ思ってしまう。けれど、それが心地よい。

「簡単に……おぉおお！　こんなの私……簡単にイクッ！　イッちゃぅう！　我慢、できないのぉお！」

泣き叫びながら、膣と肛門を両方同時に収縮させてペニスを締めた。射精してと全身で訴える。

「出るよ！　受け止めて！」

「おおお！　キミ、エロすぎ！　最高！」

貪欲なまでに快感を求めるような鈴菜の反応に、男たちも悲鳴のような声をあげたかと思うと、求められるがまま二人同時に射精を開始した。

「あぉおお！　来た！　お尻にも！　おま×こにも来たぁあ！　イック！　イクイク！　イクの！　んっひ！　はひんんんっ！」

ふたつの肉穴が熱汁で満たされていく。まるで自分のすべてが精液の海に沈められていくような感覚だった。その心地よさに流されるように絶頂に至る。

「んはぁあああ……いい……」

二人の男たちに身を任せつつ、うっとりと熱い吐息を響かせた。

そんな行為のあと──。

「んっちゅ、ちゅれろっ……ふちゅう」

二本の肉槍を同時に舌で掃除した。ピチャピチャと、肉棒にこびりついた愛液や精液を舌で舐め取り、嚥下した。

すると、それに興奮したのか、男たちは再びペニスを勃起させる。またしたいと肉棒が訴えている。

しかし、さすがに続けてまた二本同時はつらい。

思わず救いを求めるような視線を果南へと向けると──。

「わかりました。私もお手伝いしますね」

と頷いてくれた。

そんな果南と二人並んでベッドに仰向けとなる。そのうえで両脚を大きくひろげ、男たちを誘った。

男たちは鼻息を荒くしながら、鈴菜と果南を同時に犯す。

「ああ、また来た！」

「んんん！　これ……なかなか……はふぅう」

そろって嬌声をあげる。

果南とともにするセックス——少し前の自分からは考えられないようなことだ。実際、恥ずかしいという感覚は残っている。

だが、それ以上に——。

「ああ！　いいっ！」

セックスが気持ちいいと思う。

だから、男たちを受け入れる。

「あっあっあっ！」

「いいですよ……もっと激しく！　んんん！　あっふ……んひんんんっ！」

果南とともに性交の快感に溺れ――。

「イク！　また……イクぅうっ！」

「私もイキますっ、あんん！　はふううぅっ」

繰り返し絶頂に至るのだった。

5

いろいろな男たち、いろいろなセックス――これまでの来栖との時間のすべてが、ここ数日で簡単に塗りかえられた。

そして、そのおかげで――。

（やっとわかった。セックスが気持ちいいってことが……やっと理解できた。来栖君が浮気をする理由が……）

理解ができた気がした。

セックスというのは、たまらないほどに気持ちがいい行為だ。身も心も満たされるような気分になれる最高の行為。人はこれを味わうために、セックスをしているのだろう。

けれど、これまで自分はそんなセックスの楽しさをまったく理解できていなかった。

だから、来栖を満足させることができなかった。

満足したい。気持ちよくなりたい——満たされない気持ちをずっと来栖は抱えていたのだろう。

別な女のところに行ってしまうのも、当然のことだったのかもしれない。

(でも、今は違う……)

セックスのよさはもう理解した。

なにをどうすれば男を喜ばせることができるのかということも学べた。だから、来栖を満足させることができるはずだ。今の自分の全力を出せば、きっともう、来栖は浮気をしないだろう。

大丈夫。今なら絶対に——自信があった。

そんな想いで、学校から家に帰る。来栖をセックスに誘うために……。

だが、家のドアを開けたとたん、聞こえてきたのは——。

「あっあっ……はぁあああ!」

女の喘ぎ声だった。

「え?」

視界に飛びこんでくる。来栖のセックスが……。

そして、その相手は——。

「果南さん……？」

間違いなく、果南だった……。

第六章　最後のレッスン——牝獣覚醒

1

「なんで……果南さんがどうして……」

ベッドの上に全裸の来栖と果南がいる。仰向けに寝転がった果南の秘部に、来栖のペニスが挿しこまれていた。

わけがわからない。なぜ果南が家にいて、来栖とセックスしているのだろうか。

これは本当に現実なのか。夢でも見ているのではないだろうか——などということさえ考えてしまうような状況に、思わず目を何度も擦ってしまう。しかし、当然目の前の光景が消えることはなかった。

「えっ……あ、鈴菜……えっ……ってか、知り合い？　あ……その……」

さすがの来栖も直接浮気現場を見られることには動揺するらしい。焦ったように視線を宙に泳がせる。

「どうしたのですか。続けてください」

そんな来栖に、果南は見られていようがお構いなしといった様子で、誘うような言葉と艶やかな視線を向けた。

「いや……でも……」

来栖は鈴菜と果南を交互に見つめている。

「彼女……鈴菜さんのことを気にしてるのですか。でも、来栖さん……最初に大丈夫って言いましたよね。理解がある彼女だから、なにをしたって受け入れてくれるから大丈夫だって」

「それは……その……」

来栖の表情が固まる。果南の言葉が本当だということがよくわかる表情だ。

「だから、お願いします。来栖さんを感じさせてください」

語りつつ、果南は目を細めた。

「くおっ！」

とたんに、来栖が呻くような声をあげ、身体をビクビクッと震わせる。どうやら果南が膣を収縮させ、肉棒をきつく締めつけたらしい。

「ああ……やっべ……」

それがよほど心地よかったのか、来栖はうっとりと目を細め、熱い吐息を漏らした。快感にゆるんだ表情がさらされる。

「動いてください。そうすれば、もっと気持ちよくなれますよ」

重ねて果南が誘いをかけた。

それに対し、来栖はしばらく黙りこんだあと「別に……いいよな」と、鈴菜を見て口にすると、そのまま腰を振りはじめた。

鈴菜に見られていてもかまわない。気持ちよくなりたい——そんな本能のままの動きだ。

二人のベッドをギシギシと軋ませながら、何度も果南に腰を打ちつける。

「あっ……んっ……そうです。そうですよ。その調子で、私の奥をたくさんついてくださいね……んっんっんっ」

始まったピストンに合わせて、果南はときおり肢体をヒクヒクと震わせつつ、甘みを含んだ吐息を漏らした。

恋人と知人のセックス——本来ならば、絶対に見たくない光景だ。あってはならないものと言っても過言ではないだろう。そのようなものを見せつけられる。心が引き裂かれそうなほどの痛みを感じてしまってもおかしくはない。

だが、なぜか、不思議と苦しさを感じることはなかった。

代わりに感じたものは——。

(なんか、果南さん……いつもと違う?)

違和感だった。

果南のセックスは、出会ってから今日までの間に何度も見てきている。そのときに見た果南は本当に性の快感に素直だった。見ているだけで気持ちよさが伝わってくるような反応だった。

けれど、今の果南は違う。

確かに甘い吐息は漏らしているし、突きこみに合わせて肢体をヒクつかせたりもしている。挿入されたペニスをきつく締めつけてもいるだろう。しかし、これまでのセックスと比べると、だいぶおとなしめな反応だった。というよりもどこかわざとらしさを感じさせる。無理やり声を出して、来栖を興奮させているとでも言えばいいだろうか。なんだか醒《さ》めているように見えてしまうセックスだった。

だが、来栖はそれに気づかない。

「やべぇ……倉橋さんの締めつけ、マジで気持ちいいよ。簡単に出ちゃいそうなくらいだ！　最高！　マジで最高だよ！」

熱に浮かされたように、腰を振りつづける。

ヘコヘコとした、なんだか情けなさを感じさせるような動きだ。

（来栖君って……こんな感じだったんだ……）

前に映像で自分以外の女とセックスをしている来栖を見たけれど、あのときは直視できていなかった。だが、今は違う。なぜか冷静な目で恋人のセックスを見ることができる。それゆえに、来栖の動きを客観視することができた。

セックスワークショップに参加してから見てきた、味わってきた男たちのセックス——それに比べると、なんだかとても情けなく見えてくる。無様ささえ感じてしまうくらいだ。だからなのか、なんだか心がスウッと醒めていくのを感じた。

「もっと大きく腰を振ってください。もっと奥まで……」

「ああ、ああっ、めちゃくちゃに感じさせてやるよ！」

果南の囁きに、来栖は奮起したように鼻息を荒くした。果南が感じてくれていると思ったようだ。

だが、果南の表情を客観的に見ている鈴菜には、今のは感じているから誘ったわけではないということがよくわかった。

もの足りないのだろう。果南は来栖の行動に全然満足していないのだろう。だからこそ、感じさせろと訴えているのだ。

それに気づかず、来栖は必死に抽挿を繰り返す。その姿は滑稽だ。

「出る！　倉橋さん……俺、もう出るよ！」

自分がそのように見られているなどとは考えてもいないのだろう。やがて来栖は限界を訴えた。

「もう少し……はふう……んっんっんっ……我慢、できませんか？」

これではもの足りないと、果南は迂遠《うえん》な言いまわしで訴える。

「ごめん……無理！　イクよっ！」

しかし、果南の求めに来栖は応えることができない。

「おっ……くぉおおっ！」

今にも泣き出しそうな表情を浮かべたかと思うと、全身をヒクつかせ、果南の膣内へと白濁液を撃ち放った。

「んっふ……んっんっ……ふんんんっ」

受け止める果南も肢体を震わせる。膣内で脈打つ肉棒に合わせた痙攣だろう。ただ、その表情にはやはりどこか不満げなものがあった。これではもの足りないと、表情が訴えている。

もちろん、これまで同様来栖はそれに気づかない。

「あああ……マジ……気持ちいい……」

うっとりとした表情を浮かべ、最後の一滴まで果南に白濁液を注ぎこんだ。

そのまま全身から力を抜き、ぐったりと細く、ひょろっとした身体を果南へと預ける。鈴菜の視線など気にすることなく、ただ愉悦の余韻に浸るように、果南の身体を抱きしめつづけた。

それからどれくらいの時間が過ぎただろう。しばらくしたあと、来栖は唐突に身を起こすと、果南の秘部から肉棒を引き抜き、鈴菜へと視線を向けてきた。

「……特に問題はないよな？」

そのうえで、いきなりそんなことを口にする。

「ここ最近、おまえの帰り遅かったし、全然セックスとかもできなかったし……だから、悪いのは鈴菜だよな？」

自分は悪くない。こうさせたのは鈴菜だ——と言いたいらしい。

確かにここ数日、鈴菜の帰りは遅かった。理由は、男たちを誘ってセックスをしていたからだ。

そう考えると、確かに来栖を責めることは——。

「鈴菜さんはなにも悪くありませんよ」

思考に割りこむように、果南の言葉が届いた。

「え？」

反射的に果南を見る。それは来栖も同じだ。

「あなたには落ち度なんかありません。悪いのはすべて来栖さんですよ」

と語る果南が、ジッと見つめている。

「ちょっ、な、なに言ってるんだよ！」

焦ったように、来栖が抗議した。

果南はそんな彼に対し、一瞥《いちべつ》さえ向けることなく立ちあがると、ゆっくり鈴菜へと近づき——。

「あなたに来栖さんは相応《ふさわ》しくない。彼はまったく価値のない男です」

などと囁いた。

「事実ですよ。あんな男とおつき合いを続けてもいいことなんかなにもありません」

「そんなことは……だって、彼は、来栖君は……私にとって大切な恋人で……家族で……」

「恋人なら別な人を探せばいい。鈴菜さんなら、簡単に彼なんかよりずっと素敵な男性を見つけられますよ。彼といても、つらいだけでしょ？」

「それは……」

言い返せない。

「でも、だけど……そういうのを我慢してこそ家族なわけで……」

我慢をして耐えなければならない——母から教えられたことだ。

「違います。そういう我慢の必要ないお相手こそが本当の家族です。だから、彼といっしょにいても幸せにはなれません」

果南の口調はどこまでもやさしい。頭の中に染みこんでくる。果南が言うとおりかもしれない——そんな想いがふくれあがった。

「でも、だけど……それじゃあ……」

なんのためにセックスワークショップに参加したのかわからなくなる。

「私は……果南さんに会ってから本当にいろいろなことを勉強しました。今なら絶対に来栖君を満足させることができます。そうすれば、来栖君といっしょにいることにつらさを感じることだってなくなるはずです」

そうすれば、幸せになれる。

それを証明する。

自分の服に手をかけた。身に着けていた衣服を下着まですべて脱ぎ捨て、全裸をさらす。

「……鈴菜？」

唐突な行動に、来栖が戸惑うような表情を浮かべた。

鈴菜はそんな彼に近づいていくと、果南が室内にいようが気にすることなく、来栖の唇に自身の唇を重ねた。

口内に舌を挿しこみ、グチュグチュと口腔をかき混ぜる。大勢の男たちと身体を重ねたときに、キスだってしてきた。気持ちがいいキスをしっかり勉強してきた。来栖の歯を一本一本丁寧に舌先でなぞっていく。頬を窄めて激しく口腔を啜りあげた。自分から吸うだけではなく、唾液を注ぎこんだりもする。

来栖とは何度もキスをしてきたけれど、ここまで濃厚な口づけは初めてだ。そのおかげか、すぐさま、先ほど果南の膣内に射精したばかりとは思えないほどに、来栖はペニスを勃起させた。

唇を離し、肉棒を見る。

相変わらず大きいとは言えない肉棒だ。前に相手をした童貞少年のモノよりも小さいだろう。ここ最近、何本もペニスを見てきたからこそ、より小ささがきわだって見えてしまう。このペニスで気持ちいいところに届くのだろうか——などということさえ考えてしまう。

(ううん……そんなの関係ない。大事なのは好きだって気持ちだから)

大切なのは想いだ。

大きさなんか関係ない。

(来栖君は私の家族。愛してる人……だから……)

経験を活かせば、絶対に気持ちよくなることはできるはずだ。

そんな想いを訴えるように——。

「ふっちゅ、んちゅうっ……ちゅっも……んもぉお……」

今度はペニスを口で咥えた。

口唇で肉茎を挟みこむとともに、淫猥な水音が響いてしまうほどの勢いで肉槍を啜りあげる。頭を上下に振って、肉棒全体を激しくしごきあげた。

「うおっ、ちょっ、や、やばいって！　すっげ！　あああ」

濃厚な口淫に、すぐさま来栖は悲鳴を漏らす。肉茎を数度擦るだけですぐさま、

「もう……こんな、出るって！　簡単に！」

限界を訴えてきた。

（やっぱり早いな……）

ほかの男たちと比べると、我慢が足りないような気がする。だが、それだけ自分で感じてくれているのだと思うと、当然うれしくもあった。

喜びを伝えるように、吸引をより激しくしていく。肉槍から精液を吸い出そうとする。

「うあっ、くっ、おおおっ！」

来栖の全身が震えた。

そのまま、ドクドクと口内に多量の精液を流しこんでくる。

「んっんっ……んんんっ」

鈴菜は口を放すことなくそれをすべて受け止めると、そうすることが当然と言うように、喉を上下させて精液をすべて嚥下した。

そのうえで、射精を終えたばかりの肉棒をより激しく啜りあげる。

「いいっ、マジで……いいっ。最高だ」

絶頂を終えたばかりの肉棒に刻まれる性感に、来栖はうっとりとした表情を浮かべ、歓喜の悲鳴を響かせた。

肉悦を訴えるように、ペニスをより硬く滾《たぎ》らせる。

「準備……よさそうだね」

来栖のペニスはガチガチだ。

鈴菜のほうだって、準備はできている。多くの男たちと身体を重ね、セックスの快感を知った。そのおかげで、秘部は濡れやすくなっている。フェラチオだけで身体が、これから刻まれるだろう性感を期待してしまうのだ。

肉棒を放し、来栖の身体をベッドに押し倒す。ギシッと、軋んだ音色が響いた。

「気持ちよくしてあげる。満足させてあげるからね」

囁きかけるとともに来栖に跨がると、自分から腰を落とし、ガチガチに勃起した肉棒を蜜壺で呑みこんでいった。

「んっんっ……んんんっ」

下腹部に異物感がひろがる、ヒクヒクというペニスの震えと、熱が膣壁に伝わってきた。そうした反応に心地よさを覚えつつ、より腰を落とし、肉棒を根元まで咥えこむ。

（——あれ？）

そこで違和感を覚えた。

（こんなもの？）

来栖のために重ねてきたセックス——そのとき感じたペニスの心地よさ。肉棒で蜜壺を満たされる満足感。それが足りない気がする。ほかの男たちとのセックスでは、肉棒を入れられただけで達しそうなほどに感じてしまったというのに、今はそれがない。快感が足りない。なんだかもどかしさしかない。なんと言うか、届いていないのだ。自分が欲しいところにまで肉棒が……。

実はまだ肉棒全部を入れることができていないのではないか——などということさえ考えてしまい、思わず結合部へと視線を向ける。

だが、肉棒は間違いなく根元まで膣内に入っていた。

それなのに、快感が足りない。

「わかりましたか？」

抱いてしまったもどかしさを読んだかのように、果南が囁いた。

「——え？」

思わず問い返してしまう。

「来栖さんはあなたには相応しくない。来栖さんでは、あなたは幸せにはなれない」

「……そ、そんなこと」

違う。来栖は大切な恋人なのだ。

（動けば……すぐに気持ちよくなれる。大事なのはおち×ちんの大きさじゃない。気持ちなんだから！）

自分に言い聞かせるとともに、蜜壺を収縮させて肉棒を締めつけると、腰を振りはじめようとした。

けれど、その刹那、

「うっ、やっべ！」

来栖が呻いたかと思うと、肉棒を激しく脈動させて、精液を撃ち放ってきた。

「えっ……あっ、これ……出てる？」

下腹に、子宮に熱汁が流れこんでくるのがわかる。膣が熱汁で満たされる。身体に来栖が染みこんでくるような感覚が走った。

これまで繰り返してきた男たちとのセックスであれば、この熱だけで間違いなく、鈴菜は達していただろう。しかし、今は達することができない。やはり感じるのは、もどかしさだけだ。

思わず、マジマジと来栖を見つめてしまう。

「これ……今までいちばん気持ちよかったかも」

鈴菜とは違い、来栖は実に満足そうだ。うっとりとした表情で、何度も肩で息をしている。

（私は……足りないのに……）

感じてしまうものは不満だった。

「ほら、言ったとおりでしょう？」

「ち、違います！　そんなこと！」

首を横に振る。

そのうえで、

「ま、まだできるよね……来栖君！」

と、来栖を見つめた。

「え……まだ？　そんな続けてとか無理なんだけど」

「で、できるよ！　大丈夫！　大丈夫だから!!　ほら、これならどうっ!?」

してもらわなければ困る。気持ちよくしてもらえなければ困る。

挿入したままの肉棒を改めてギュウウッと蜜壺で締めつけた。襞の一枚一枚を萎えたペニスにからみつかせて搾りあげていく。

「ちょっ、やっ、おいっ、む、無理！　無理だって‼」

来栖が慌てるような声をあげたけれど、気にしない。ただ締めつけるだけではなく、腰だって振りはじめた。締めつけながら、蜜壺全体で肉槍をしごきあげる。愛液をからみつけながら、膣で肉棒を啜りあげもした。

「うあっ、くぁああ！」

それほど激しくしたおかげか、萎えていたペニスが改めて勃起しはじめた。再び肉槍全体が火照りはじめる。

「ほら、まだできる……」

勃起してくれたことがうれしい。ピストンを続けながら、喜びに目を細めつつ、改めて来栖にキスをした。

(ほら、気持ちいい)

性器と性器を結合させながらのキスだ。自分のすべてが来栖とひとつに溶け合っているような気分になれて、たまらなく心地よい。快感を覚えることだってできた。このままセックスを続ければ、きっとほかの男たちとしたときのような絶頂を迎えることだってできるだろう。いや、相手は行きずりの男ではない。愛している来栖だ。より大きな快感を得ることだってできるかもしれない。

そう考えると、鈴菜の身体はより火照りはじめた。快感を欲するように、分泌させる愛液の量が増えてくる。肉悦を期待するように、締めつけもさらにきついものに変わっていった。

刹那——。

「やばっ、また出るっ!」

来栖が呻いたかと思うと、再び射精を訴えた。

「えっ……あ……嘘っ。待って……まだダメ!」

確かに快感は得ている。けれど、まだ絶頂にはほど遠い。こんな状況で射精されても達することはできない。またしても、もどかしい想いをさせられるだけだ。

「我慢して! もう少し我慢してっ!」

必死に訴える。

「ああ……で、出るっ!」

だが、なにを口にしても来栖には届かない。

来栖には鈴菜を感じさせようという想いなんかないらしく、ただただ愉悦に流されるがまま、肉棒と全身をビクつかせ、精液を撃ち放ってきた。

「んっ……ふっ……んんんっ」

再び白濁液が注がれる。下腹にまた熱がひろがった。心地よさをともなった刺激が走る。とはいえ、絶頂にはほど遠い。

(中に出される……気持ちいい……でも……)

快感はある。しかし、それ以上にもどかしさや不満を抱いてしまう。

だからこそ——。

「も、もう一度っ！」

さらに来栖を求めてしまう。

だが、来栖は——。

「悪い……今度はホントに無理」

と、愉悦に蕩けきった表情で口にした。

「これでも？　ほら！　こんなにしてもダメ？」

改めてペニスを締めつける。先ほどのように肉棒に蜜壺全体で刺激を加える。

「だから、無理！　マジで無理だから！　もう、できないって！」

だが、拒絶されてしまった。

来栖が身を起こす。挿しこまれていた肉棒が引き抜かれた。まだ鈴菜はイッていないというのに……。

思わず縋るような視線を来栖へと向けてしまう。

「そんな顔されてもダメだって。まぁ、鈴菜のがんばりはよくわかったけどさ。マジ気持ちよかったよ」

そう言って、来栖はヘラヘラと笑った。

（なんで……どうして？）

来栖は恋人だ。誰よりも愛している人のはずだ。それなのに、全然満足することができない。それどころか、不満ばかりが残ってしまう。

「言ったでしょ？　来栖さんは鈴菜さんには相応しくないって」

こちらの心を読んだかのように、果南が耳もとに唇を寄せ、囁いた。

「そんな……ことは……」

「鈴菜さん、あなたはがんばった。来栖さんのためにって……でも、あなたがどんなにがんばっても、来栖さんには伝わらない。来栖さんはそういう人です。そんな人といっしょにいても、幸せになることなんかできませんよ」

「でも、私は来栖君が好きで……」

「わかってます。でも、来栖さんはあなたの想いには応えてくれない」

「だけど……それでも……」

来栖は勝手な人間だ。

でも、自分が耐えさえすれば……。

「……我慢に意味なんかありませんよ」

果南には鈴菜の想いがわかるらしい。

「我慢して、耐えて、耐えて、耐えつづけても……つらいのが続くだけです。不幸になるだけです。気持ちには素直になってください。あなたは……セックスワークショップでそれを学んできたでしょう？」

「それは……」

果南の言葉で思い出す。

処女を捨てた夏美の姿を、犀川夫婦の姿を、想いを叶えた詩音の姿を……。

みんな幸せそうで、気持ちがよさそうだった。

「人生はこれからも続くのです。これから先、素晴らしい出会いがきっと鈴菜さんにも待っています。ですから、一人の人間に執着する必要なんかないのです。自分から動いて探せばいい。本当に愛せる人を……自分を気持ちよくしてくれる人を、我慢なんかせず、素直に……」

「素直に……」

噛みしめるように、その言葉を復唱した。

とたんに、なんだか心が軽くなってくるような気がした。

来栖を気持ちよくさせてやらなければならない。自分が満足させてやらなければならない——ずっと、そう思ってきた。

でも、それは事実、鈴菜が我慢することだった。

自分を殺すことで、来栖を繋ぎ止めるということだった。

でも、だけど、どんなに自分を殺して、必死に我慢しても、来栖は自分以外の女と身体を重ねる。そのうえ、自分を満足させてくれない。ただただもどかしさを感じさせるだけだ。

「いちばん大切なことは、自分が幸せになることです。そして、その幸せを自分のことのように感じてくれる人と出会うことです。鈴菜さん、今のあなたなら、そんなお相手を見つけることができる。それくらい、男を見る目は学べたでしょう？」

「それは……」

確かに、そのとおりかもしれない。

何人もの男たちを見て、身体を重ねた。いろいろな人が世の中にはいるということを学ぶことができた。

男は来栖だけではないのだ。

来栖だけに執着する意味なんかない。

そう考えると、なんだかこれまでの自分がばかばかしくなってきた。

「確かに……そうですね」

思わず、口もとをゆるめて笑ってしまう。

「……鈴菜？」

果南の囁き声は小さく、そのうえ鈴菜の耳もとだったせいで、来栖には届いていない。だからなのか、来栖は不可解そうな表情を浮かべ、首を傾げた。

そんな来栖に対し、鈴菜はにっこりと、晴れやかな笑みを浮かべると――。

「来栖君、別れよう」

まっすぐに、そう伝えた。

「――は？」

とたんに、来栖は目を見開くと、間の抜けた声を漏らした。

「えっ……あ、ちょっ……な、なんで？」

わけがわからないといった様子だ。

「なんでって、私……来栖君とじゃ幸せになれないから。満足できないから。だから……別れよう」

ストレートな言葉を重ねる。

「いや、待って……それは……」

そんな鈴菜に、来栖は慌てるような表情を見せる。

「俺は……鈴菜と別れたくなんか……」

「来栖君にはたくさん相手がいるでしょ。私がいなくても大丈夫だよ」

「それは……いや、そんなことは……俺には鈴菜しか……」

来栖が縋りついてくる。

いろいろな女性と身体を重ねているのに、なんでここまで自分に執着するのかがよくわからない。思わず首を傾げる。

「ああ、簡単なことですよ」

すると、疑問に答えるように、果南が口を開いた。

「来栖さんには、本当に鈴菜さんしかいないということですよ」

「どういうことですか。来栖君、モテるのに……」

実際、いろんな女性とひっきりなしに身体を重ねていた。

「確かに顔はいいですから、モテるでしょうね。でも、それだけなんですよ。こう言ってはなんですが、それ以上の魅力がちょっと……特にセックスの下手さは……まぁ、そういうわけですからね、きっとどの女性とも一夜だけの関係でしかなかったのでしょう」

「ああ……なるほど……」

納得できる答えではある。

今度の言葉は聞こえていたらしく、来栖は悔しそうな表情を浮かべた。しかし、言い返してはこない。図星だったのだろう。

「鈴菜……頼む……俺といっしょにいてくれ……お願いだよ」

そんな状態で、来栖は搾り出すようにそう口にした。縋るような視線もセットだ。

なんだか少しかわいそうな気もしてしまう。

でも、もう決めたのだ。

「ごめんね……さよなら」

笑顔で、きっぱりと、来栖に対して別れを告げた。

2

「ありがとうございました」

来栖の部屋を二人で出たあと、繁華街にて、笑顔で果南に頭を下げた。

「ふふ、鈴菜さんにそういう顔をしてもらえて、私もうれしいですよ」

果南も笑みを浮かべてくれる。

「ですが、ひとつ心配が……これから鈴菜さんはどうなさるのですか。住むところとか……」

「大丈夫です。友達の家に泊めてもらいますから」

来栖とのつき合いをよく思っていなかった友人に事情を話せば、次の部屋を決める間までくらいは住まわせてくれるだろう。

「それならよかったです」

「その……あの……これから私、がんばってみますね」

安堵するような表情を浮かべた果南に、重ねて告げる。

「がんばる……」

「いっしょにいて幸せになれるような相手を、探すことを――です。来栖君よりもずっとずっといい人を見つけてみせます。絶対に」

「そうですか……まぁ、今のあなたなら、きっと見つけ出せますよ」

「それは……はい。私も自信があります」

我慢はもうしない。自分の気持ちに素直になる。

身体を重ねることだってためらわない。だって、セックスは本当に気持ちがいいことだって知ることができたから……。

「ふふ……応援していますね。でも、もし……またなにかありましたら、ぜひ参加してくださいね……セックスワークショップに」

果南はそう言って笑うと、鈴菜に背を向け、街の中へと消えていくのだった。

(ホント……よくわからない人……)

結局、最後まで素性もなにもかも、理解できない人だった。

ただ、それでも、彼女のおかげで間違いなく自分は救われた。

「ありがとうございました。本当に」

果南が消えていったほうに向かって、鈴菜は深々と頭を下げた。

「あの、ちょっといいですか?」

声をかけられたのは、そんなときのことだ。

振り返ると、自分よりひとつかふたつは年下に見える少年が立っていた。彼の手にはハンカチが握られている。

「あ、それって……」

思わず、自分の服のポケットに手を入れる。入れていたはずのハンカチがない。どうやら落としてしまったようだ。

「ありがとう。助かったよ」

笑顔でハンカチを受け取る。

「あ、いや……その……お礼を言われるようなことじゃ……」

とたんに、少年は顔を真っ赤にし、モジモジするような動きを見せた。どうやら女性になれていないらしい。

そんな姿がなんだかかわいらしくて、胸が疼いた。

同時に、身体が熱くなってくる。

こんな少年がもっと恥ずかしがる姿を見てみたい、などという欲求がふくれあがった。

(もう、我慢はしない)

ふくれあがる想いに逆らうことなく、少年の耳もとに唇を寄せると――。

「……ううん、お礼はしたい。本当に助かったから。だからさ、お礼をさせてもらってもいいい？」

囁くようにそう口にする鈴菜なのだった。

◎本作品の内容はフィクションであり、登場する個人名や団体名は実在のものとは一切関係ありません。

◉新人作品**大募集**◉

マドンナメイト編集部では、意欲あふれる新人作品を常時募集しております。採用された作品は、本人通知のうえ当文庫より出版されることになります。

【応募要項】 未発表作品に限る。四〇〇字詰原稿用紙換算で三〇〇枚以上四〇〇枚以内。必ず梗概をお書き添えのうえ、名前・住所・電話番号を明記してお送り下さい。なお、採否にかかわらず原稿は返却いたしません。また、電話でのお問い合せはご遠慮下さい。

【送付先】 〒一〇一-八四〇五 東京都千代田区神田三崎町二-一八-一一 マドンナ社編集部 新人作品募集係

女体開発《にょたいかいはつ》 闇のセックス体験講座《やみのせっくすたいけんこうざ》

二〇二二年七月十日 初版発行

著者◉上田ながの【うえだ・ながの】

発行◉マドンナ社

発売◉二見書房 東京都千代田区神田三崎町二-一八-一一

電話 〇三-三五一五-二三一一(代表)

郵便振替 〇〇一七〇-四-二六三九

印刷◉株式会社堀内印刷所 製本◉株式会社村上製本所 落丁・乱丁本はお取替えいたします。定価は、カバーに表示してあります。

ISBN978-4-576-22086-4 ◉Printed in Japan ◉©N.Ueda 2022

マドンナメイトが楽しめる! マドンナ社 **電子出版**(インターネット)……https://madonna.futami.co.jp/

Madonna Mate